承心堂诗文钞

许晓春 著

中国社会科学出版社

图书在版编目（CIP）数据

承心堂诗文钞/许晓春著. —北京：中国社会科学出版社，
2020.11

ISBN 978 - 7 - 5203 - 6822 - 3

Ⅰ.①承⋯　Ⅱ.①许⋯　Ⅲ.①格律诗—诗集—中国—当代
Ⅳ.①I227.7

中国版本图书馆 CIP 数据核字（2020）第 127467 号

出 版 人	赵剑英	
责任编辑	杨　康	
责任校对	沈丁晨	
责任印制	戴　宽	

出　　　版	中国社会科学出版社	
社　　　址	北京鼓楼西大街甲 158 号	
邮　　　编	100720	
网　　　址	http://www.csspw.cn	
发 行 部	010 - 84083685	
门 市 部	010 - 84029450	
经　　　销	新华书店及其他书店	

印　　　刷	北京明恒达印务有限公司	
装　　　订	廊坊市广阳区广增装订厂	
版　　　次	2020 年 11 月第 1 版	
印　　　次	2020 年 11 月第 1 次印刷	

开　　　本	710 × 1000　1/16	
印　　　张	15.75	
插　　　页	2	
字　　　数	128 千字	
定　　　价	66.00 元	

《长安集》序

胡安顺

《长安集》者,《菊香斋诗文钞》《承心堂诗文钞》《宝镌堂诗文钞》三部诗文集之丛聚也。作者胡安顺、许晓春、余志海三人,年齿不同,经历不同,所学所业抑或不同,然同系陕西师范大学教师则一,同系陕西省诗词学会理事则一,同好中国古代诗词且数十年笔耕不辍则一。今幸乘弘扬传统优秀文化之东风,各衷集拣选历年镂心之作,按体分类,顺时编次,复加推敲,相约成套以付梓,以飨同志,且了却平生文心好古之愿,实乃吾辈作者之快事,亦所在学校、学会之美事也。各部所收均以诗词为主,诗论为辅,内容多寡则互有不同。《菊香斋诗文钞》诗词而外,酌收赋记对联若干;《承心堂诗文钞》兼收古风律诗，重在律绝，尤重五言；《宝镌堂诗文钞》唯收律诗，五言七言，律绝并重，稍加注释。

陕西远绍周秦古韵，汉唐高风，历为文运之圣地，鸿儒接踵，诗人如云，仅以唐代秦籍名家为例，苏颋、王昌龄、张志和、韦应物、杜牧诸人，或为文章大手笔，或为边塞七绝之圣手，或为山水田园之瑰才，或为咏史抒怀之冠军，各领一代风骚，平地起风浪，触手尽成春。而今陕西依然雄踞文化大省之列，古韵流风，俊彩星驰。以诗而论，社团林立，妙手成群，佳作泉涌，品类丛生，格调清新，声播九州。《长安集》仅为近年古体作品之一束，共收诗作逾千首，赋记诗论近百篇，对联近百副，若以一校一会而论，其量似可略备其数矣。至若品质之优劣，岂敢标许风裁，自高声名，有待君子定价，更期后世知音臧否取舍矣。

夫诗或有以一首而驰誉者，如唐崔护《题都城南庄》、金昌绪《春怨》、张若虚《春江花月夜》，或有多达数万首而无名者，如乾隆皇帝，故曰好诗在质高不在量高。童子跳绳，虽多量而无高度，可以为鉴。诗人或有少年成名者，如唐王勃、骆宾王、宋王禹偁诸人，或有年老而才尽思竭者，如南朝江淹，故曰好诗在老成不在老年。《沧浪诗话》云："诗有别才，非关书也。诗有别趣，非关理也。"今补曰："诗有别情，非关年也。"古今时代有别而江山无异，风景不殊，甚或今胜于昔，如泰山、庐山、黄河、长江、长安、咸阳、曲江、辋川、乐游原、大雁塔、黄鹤楼、鹳雀楼、滕王阁等，古人借以妙笔生花，绝唱千古，今人面对同样之山川日月楼台亭阁，吟咏无数，然竟无一首超乎前贤者，其故何也？是世异则事异也，非古人尽善而今人全不能也，故曰好诗在风气不在风景。气存则日月生辉，万物有灵；风去则天地无情，山河失色。大凡佳作，无不用词轻巧，通晓自然，思致含蓄，意趣盎然，凡属劣品，大多用词生硬，言大语塞，文理浅俗，意趣索然，故曰好诗在巧劲不在狠劲，所谓"用意十分，下语三分，可几《风》《雅》"。歌唱忌声野，野则难为听，书法忌力猛，猛则难为观，诗亦如之。唐人名作，常有用字重复者，如王维《鸟鸣涧》、李白《静夜思》、崔颢《黄鹤楼》等，亦有不合律者，如李白《送孟浩然之广陵》、杜甫《暮归》、张志和《渔父》、韦应物《滁州西涧》等，故曰好诗在意胜不在词工。所谓"炼句不如炼字，炼字不如炼意""造意者难为工也"。诗之用不唯在抒发个人情感，更在于关注社会现实，映射百姓甘苦，补缺救失，讽喻导扬，所谓"兴观群怨""正得失，动天地，感鬼神"

者是也。倘若全无家国情怀,逃避现实,脱离生活,笔触仅囿于个人屑屑琐事,其作品又岂能与读者共鸣哉?故曰好诗在题材不唯诗才。《风》《雅》之旨,建安风骨、元和意趣,是为明鉴,以此为戒,庶几有年。

以上六事,乃《长安集》作者数十年创作之心得也,且内省外鉴,去躁戒浮,以古为师,与古为新,力学躬行,故能日有所进,月有所得,聚沙成堆,集腋成裘。今不揣简陋,出而示之,以期与我同志共勉,为中华民族复兴之伟业做出贡献也。

陕西师范大学历来重视弘扬传统优秀文化事业,资助是集出版,即为明证。值是集付梓之际,谨向有关部门及工作人员表示由衷感谢,同时向中国社会科学出版社及本集编辑表示诚挚谢意。

己亥新秋于陕西师范大学菊香斋

许晓春诗集代序

　　许晓春和我是大学同学，虽然不在同一个系，却是好友。我们有个共同的跨系好友群。我们刚上大学的1978 年是个新旧交替的年头，意气风发，却又前途莫测，1979 年也是如此，接下来几年都是如此。那时我们年少，尚未理解政治、经济、文化和社会之巨变的深远意义——至今也不敢说有了充分的理解。那时我们只是为突然获得的自由而兴奋，那种自由并非确定秩序下的现代个人自由，而是秩序未定的可能性和未来性，有几分"草莽自由"，于是那种自由感又伴随着青春的感伤。面对我们的是，有发生"一切好事"的无数可能性，但"一切好事"又遥遥无期。想象力的开阔与现实的局促形成了对比，心比身大了许多反而成为一种负担。

一群少年同学在北京郊区或老城区无目的地游逛，想到天地古今，难免要写几句诗词或联句之类，自我感觉是"诗友"，但当时的作品都是对古诗词的低水平模仿。有一天我突然意识到自由的心也不大，因为所能表达的情感无非对古人情感的模仿，典型的"为赋新诗强说愁"，或万里江山残垣断壁，或春去秋来风雨如晦，或金戈铁马投鞭断流。记得那时我们有些沮丧地讨论过为什么没有能够表达自己属于"现代的"情感，不知道是因为古诗词表达方式的局限，还是因为自己远远没有达到诗词应有的自由，后来知道肯定是后者。总之我们模仿古人的痛苦和幻想。那时候尚未开始模仿西方人的痛苦和幻想。大概在1981年之后，写诗词的朋友们渐渐少了，至少我不写了，心思转向无情的哲学。那几年里，虽然诗友们的水平相差不远，但许晓春的诗词可能是其中最真诚的，他的天性中有着比较接近古人的心情。多年之后，我惊讶地注意到，他真的把自己变成了"古代人"。写诗不是他的职业，但他一直写诗，后来的诗作日益得心应手，写诗自如地就像是生活中该做的事情。

在人类的语言作品里，诗享有特殊地位，或许真的是"语言的精华"。在中文世界里，诗的地位或许最高，不仅《诗经》为六经之一，诗也成为展示中文魅力的证据。诗的生存能力也极其顽强，甚至在现代工业文化或商业文化的世界里也仍然以野草的方式生长在一切文字的田间。就诗的本意而言，诗不是一个专业，诗人也不是专业作者；诗不是创作，而是生活的一部分，就像劳作是生活的本质。按照海德格尔的理解，语言是存在之家，而在其中，诗最亲近存在本身。以此看来，诗不能被看作语言的一个现象，而是语言之本心，它的意义不在于描述对象，而是让语言成为语言应该是的样子。远离了古人的生活世界是我们写不出诗的一个借口，其实是我们遗忘了语言的本意。

说到许晓春变成了"古代人"，并不是说他为了生活像古代人那样住在人迹罕至的山林里，不是时常千里迢迢去参拜神山高原，也不是走访古刹获传真言秘籍，更不是专吃有机食品精于养生。他过着日常生活，用手机和微信，从诗词中能看出他走过不少地方。他的活法没什么特色，就像打鱼砍柴的渔樵一样没有特色。渔樵要讲古，兴衰尽付笑谈中，不过许晓春的诗词中怀古不多，似乎忽略了古今，只有时间，他更想深入的是时间的概念和心情。他是个"准渔樵"。我写完这篇代序就去给他发微信，转给他我写的关于渔樵的文章，但愿他喜欢。

赵汀阳

2019 年 8 月 22 日

目　录

上　编

诗　集

古体诗

文杏馆

寞寞雪川中，唯留文杏树。

临风立水边，独看寒山暮。

栾家濑

流溪泻雪关，浅入栾家濑。

极目怅凄凄，斜阳远山外。

锡谷二首

秋风损颜色，溪上蓼花落。

可怜芳草心，终被水轻薄。

云深小河峪，寒翠积芦管。

不知身上衣，一路秋风满。

盘松秋坐

入谷人独闲，盘松溪水侧。

黄昏看雨来，点点添秋色。

小敷溪

老树出孤鸦，时鸣山峪里。

敷溪半日闲，坐到秋风起。

十六日邀人杜陵赏月不行

一夜雨兼风，潇潇时未歇。

此番登杜陵，何处看秋月？

静　坐

无事也无情，依灯坐到老。

一庭落叶黄，自有秋风扫。

牡 丹

含元春殿下，望幸犹倾国。

一夜经雨风，无谁带颜色。

中秋闲吟

无奈在长安，往来犹半歇。

天凉野桂开，夜静庭蝉没。

孤案眼昏花，十年人木讷。

栏杆久未凭，不忍看秋月。

文辉兄眼疾术后，约鄂邑诸诗友探望，午宴席间分"好"韵

探病偶相约，趁随花气好。

汉城逢故人，唐肆怜华皓。

行色过风在，倦颜经雨扫。

炎凉世路间，也识山阴道。

海市雅聚拈"次"韵

暮车带明月，相聚开胸次。

隔座无俗人，倾杯有闲志。

依灯恭换帖，拈韵强分字。

不为输长安，扶墙出酒肆。

秋雨，有客携酒来访

秋风减颜色，野户人空守。

老石沾落花，疏篱隔飞柳。

云沉向山闭，雨乱随时有。

自忖无客来，忽闻白衣酒。

白　露

雨过天转冷，长暑随风歇。

野鸟宿柴门，荒烟生玉阙。

松前眼闲在，竹里心埋没。

客老无远情，如何见秋月。

茅坡感秋

老自减人情，堂前愧年艾。

夕阳烧紫叶，草露凝青带。

休事多当真，养闲无可奈。

倚松闻独鸟，犹在秋风外。

茅坡避暑

茅坡掩孤馆，四外焦烟勃。

倦鸟入青林。浮云朝紫阙。

风声逐雨去，世味随心竭。

只有向亲朋，分头待秋月。

游莨阳湖

远在皇都外，炎威应歇薄。

树阴分岸浓，风气带花弱。

敞舍飞玄鸟，推波连紫阁。

追寻物景明，不惜承寥寞。

五　律

仲　冬

又得清闲日，自由心所依。

关门穷道理，枯坐悟玄机。

帘外风还冷，庭前雪渐稀。

唯留茶水老，香气满寒衣。

癸巳年七月初二重上香积寺

岭前分霁色，车驾又登临。

寺野堂吟静，僧闲午睡深。

乱风残烛火，啼鸟动松阴。

何处寻禅径，犹从自己心。

癸巳年九月初九

重九无长物，一枝家菊新。

孤鸦窗外客，霜鬓镜中人。

老去难怀楚，闲来自避秦。

西风高座看，四面起秋尘。

试 茶

敲门闻快递，连夜试红袍。

起火观鱼目，投茶拂兔毫。

汤中金桂淡，叶底白云高。

一盏承岩韵，分来解郁陶。

晚 茶

重楼人独坐，夕照上衣襟。

越盏烟蒸碧，闽茶水洗金。

山情沾素手，岩韵动春心。

唯有窗台外，几声寒鹊深。

壬辰日有雨，时逢小雪节气

一榻西风劲，布衣寒半侵。

鸟孤声暗暗，树阔影森森。

雨落千秋志，茶闲万里心。

堂中还独坐，怕作梁父吟。

冬日试煎春茶

春心埋没久，冷面雪初蒸。

取火风吹炭，分泉铁碾冰。

香浮天目碗，露结水晶灯。

人在重楼上，茶闲望五陵。

冬 日

寒云沾雨过，节物半飘零。

霜里头堪白，松前眼欲青。

夕烟平草路，野火入山屏。

立望西风尽，孤鸦树下听。

冬 闲

十月花情少，人闲百事空。

鸟鸣疏竹外，日落淡烟中。

寒气埋秦岭，荒尘起汉宫。

只因霜路远，白发倦飘蓬。

冬日自避雾霾天气

冬月连阴日，闲人独在家。

静心消雾气，着意避尘沙。

隔户听灰鹊，关窗煮白茶。

何时吹雨雪，又怕到梅花。

腊月初九

门前行路客，恍是故交人。

冷落斜阳老，温存腊酒新。

东西翻月贵，来往隔年贫。

只恨梅无力，如何典一春。

酬孟树锋大师赠耀州青瓷生肖大盘

妙手天工在，流年入画屏。

梅花沾雨艳，柳色带风青。

漆水传薪火，陈炉长寿龄。

阳春谁与唱，一棹寄苍溟。

除　日

江上梅花早，东风入古城。

寒霾随腊尽，暖日被春生。

眼里流年换，心中欲望平。

一杯黄桂酒，只起故人情。

甲午元日

钟声元日晓，窗气动香灰。

两鬓南山雾，孤心北海杯。

门闲人拒事，院僻鸟修梅。

纵是春无力，东风也一回。

五月初三，筹端午节物有感

老来尊节序，端午到闲逢。

艾叶山间味，香囊手上功。

传承分楚俗，流习入秦风。

蜜粽雄黄酒，北南多不同。

无　题

久坐书斋静，移阴夏木分。

闲煎茶淡泊，疏理草殷勤。

石乳衣初染，沉香玉半薰。

一声孤鸟落，窗外起浮云。

西湖感旧

平湖分路尽，回望远山空。

事业相亲少，人生各不同。

重来沾柳浪，临别煮松风。

一棹还归去，自由烟雨中。

中秋无月有感

节序寻常过，感时嘘老龄。

镜风翻鬓白，窗雨带梧青。

气冷空孤座，人闲寂晚庭。

可怜同海月，相见隔秋屏。

叠韵再和诸诗友中秋诗

中秋排节物，百感误花龄。

雨向门前白，风从眼外青。

寒情温竹簟，远志近松庭。

何处观明月，孤心上晚屏。

谷雨曲江感时

入望江分野，扶舟上石圻。

松风春鸟静，谷雨落花稀。

琐事何生意，闲行自忘机。

小栏青幌在，酒气动人衣。

未央宫遗址怀古

玉辇穿金殿，歌筵夜未央。

栏喧倾国色，径寂落花香。

新树浮云动，废宫春草荒。

可怜登览处，乱鸟入斜阳。

入 伏

初伏怜春远，家茶已半空。

涤壶淋竹雨，开火起松风。

席置嚣尘外，泉煎孤寂中。

坐闲听暮鸟，零落入梧桐。

半坡茶会

浐灞河洲上，轻风暮转凉。

朱楼排玉盏，素手点秋光。

起火沉眉酽，分泉隔座香。

茶醺夸宝马，一席染衣裳。

【注】：七月十九日夜，应邀参加宝马品牌在西安的茶会，席后有感。

感草堂寺四大天王开光法会

细雨秋风暮，人声渐草堂。

袈裟松下色，贝叶案前香。

肃立闻三颂，恭行礼四王。

未嫌垂眷少，物我已开光。

霜降日逢雨

云暗闲庭寂，重门半不开。

暮风收紫叶，秋雨出青苔。

催信多情恼，截屏无力裁。

卷帘孤立处，还待故人来。

残秋待汀阳君来访

立冬余一日，三径叶纷纷。

石铫煎青茗，麻衣带白云。

影斜常似客，门动偶如君。

楼上初寒意，秋风尚可闻。

廉　颇

白发闲秋马，西风忆远征。

出师俘上将，垒壁宿长平。

恨利门驱客，谋和背负荆。

可怜能饭食，不及座前名。

寄邢瀚君

一别长安去，寻游半不还。

琴箫星月下，笔墨水云间。

古道风行脚，荒庐雪驻颜。

人情何此及，独自向寒山。

冬至前两日

北风催至日，园色没沉阴。

雾冷鸦声戾，人孤竹叶深。

行藏茶在意，爱恨酒分心。

自觉居无事，如何泪染襟。

冬　至

可怜南至日，重雾锁寒寮。

隔夜茶还在，慵晨火未烧。

插梅花似客，敲木鸟如樵。

兀自葭灰动，凭谁到管箫。

大寒后上玉泉院

大寒消雪后，独自向山行。

瓦殿从梅寂，松阶被鸟惊。

温存添庙火，冷落减人情。

白发何来意，空庭不出声。

丙申年立春

地野春阳早，出风花不齐。

鸟飞千树动，烟散一城低。

眼色经池暖，心情入事迷。

腊残何处好，还在曲江西。

除 夕

层城春意动，一夜化沉寒。

节气开门迫，人情入户欢。

腊除三色酒，年立五辛盘。

来日期无事，平常是吉安。

初五逢雨

东风还寂寞，行意事多违。

向野梅情老，平城柳色微。

暮烟分户出，春雨带人归。

久在长门外，无心是与非。

元夕与王台同学聚饮

火树开元夕，东风满玉堂。

合街灯出色，分座酒生香。

故事逢时近，人情别处长。

不知从此老，兀自费春光。

曲江上元节后有感

上元春节后，灯罢即残年。

隔径收梅影，连江散柳烟。

独行随鸟出，枯坐抱书眠。

一夜繁华尽，重归野草边。

同四友访王屋山阳台宫赵道长

细雨山中落，东风未著花。

出行无俗客，入访有仙家。

暖殿初春气，清斋半日茶。

阳台忽惊晚，还忘问丹砂。

寒食前感怀

行色从寒食，春江暗入屏。

樱花沾日暖，柳叶背人青。

穷自封烟灶，闲犹对晚亭。

感时怜介子，怀恨与谁听。

寄王屋山赵嗣一道长

入山经雨洗，王屋偶逢君。

道貌思还在，春声去不闻。

青松留鹤住，丹药见人分。

长望仙坛远，随风寄白云。

山 行

涧路荒村远，林深没鸟声。

野溪分柳出，孤客带风行。

山色收新霁，炊烟散晚耕。

不知心力老，十里赚闲情。

端 午

远避新端午，南山坐望长。

乱崖泉默默，孤寺柏苍苍。

路野来人少，风轻背日凉。

忽闻分草艾，还怕染衣裳。

七月初九夜嵩山闻乐

凉秋初入夜，远磬玉殷殷。

水阁升明月，山阶落白云。

僧凭高石卧，客到古桥分。

忽见传弦管，此声多不闻。

秋　殇

冷风秋塞外，悲事让人惊。

未受嗟来物，何陈疾苦情。

安贫怜一死，绝望弃三生。

此问垂衣治，怎悬秦镜明。

秋夜思

雨后收帘幕，西风浅入堂。

别离疏有信，相见远无方。

叶落霜声老，人闲夜色长。

分茶谁与对，独自饮秋光。

秋 思

冷落长门外，秋山入望空。

白头随处染，黄菊向谁逢。

手带双眉色，衣罗一径风。

重来孤月下，不与别时同。

冬日有思

岁暮音书断，搔头白不匀。

松孤长似我，石暗偶如宾。

厚壁藏明月，寒庭忆故人。

无端持笔管，未写又沾巾。

冬夜迎散人兄，长安小寨雅集。
席间分得"瑶"韵

夜宴长沙客，梁园雪未消。

连屏催雅聚，隔席数琼瑶。

盏换千金醉，衣沾十斗烧。

依风人别后，独向曲江桥。

蒙武夷山张煌君赠茶，至前重霾日与老叶试茶，酣畅淋漓后有感

冷落知寒友，煎茶独与君。

重霾来处见，孤鸟隔时闻。

气老长无力，情闲偶半醺。

一壶天地外，往日即浮云。

元日闲吟

寒腊埋春气，东风久不临。

三更梅子酒，万里故人心。

座冷闲吴剑，衣松动楚琴。

此情谁共老，独与暮云深。

汉江感春

不知行色老，恍是旧来游。

柳浪翻青岸，江烟出白鸥。

十年秦客苦，千里楚人愁。

应悔轻离别，春光隔钓舟。

汉阴春游赠同行诸君

荒村行脚远，曲涧水殷殷。

暖舍迷花径，寒烟向野坟。

菜黄风带色，山绿雨同君。

买得春醪酒，闲来宿白云。

三彩花谷记游

山空人迹少，鸟静水悠悠。

夜雨花三径，春风柳一楼。

色明分野染，香暗拂衣收。

不废登临意，重来试白头。

朝王屋山阳台宫

三月朝王屋，轻车上远村。

花埋山石径，日照洞天门。

问药烧松叶，分汤化葛根。

莫言归去晚，行履带云痕。

过青海思家叔

烽台消塞角，一诺费容颜。

日落黄云外，风流绿草间。

大旗经雨洗，孤鸟背人闲。

翘首东南望，归程十万山。

夜宿旬阳蜀河镇

旬阳东去远，晚棹带沙鸥。

岭翠依秦踞，江清向楚流。

吹衣凭紫阁，扫石辨黄州。

风月今何在，管弦还一楼。

【注】："黄州"，蜀河镇有古建筑"黄州馆"，其壁间旧砖上仍依稀可见黄州馆字样。

五月十五宿静宁

陇关三百里，闻笛宿边城。

白酒时无力，红旗夜有声。

风从高阁冷，月向乱山明。

古道沙场外，何人忆远征。

六月十三日京味斋夜宴

巷肆华灯尽，开帘月未沉。

酒从豪气醉，情到故人深。

四座梁园客，三更竹里琴。

催行谁一问，不忍又分襟。

初伏日悼亡人

一夜风消息，孤心又失机。

云山余雪在，地烛故人稀。

鸟入松声哭，花分日影祈。

翻屏何忍见，热泪染罗衣。

郭杜夏日

不觉南山远，阴晴自认真。

茅坡尘外路，竹舍石边邻。

饲鸟栖云老，锄花带雨新。

柴门无访客，只有独闲人。

夏日有寄

独坐消烦热，闲庭落日深。

春同花骨败，夏自柳阴寻。

故事曾经眼，余情尚在心。

别来何不见，孤鸟向空林。

观朱日和阅兵

塞上三军见，尘沙出路高。

铁车吹号角，朱日晒征袍。

阵合兵磨剑，营分将带刀。

边关何敌犯，不教取秋毫。

立秋渐近，夜坐有感

暑伏茅坡下，闲居五柳村。

月高生白夜，瓜熟识青门。

竖眼人情寡，平心自智昏。

孤灯虽怯力，坐守到秋痕。

夜宿西江

秋风吹古寨，岭色暗灯边。

路转凭云叠，楼排隔水悬。

一江听夜雨，千户见朝烟。

纵是匆匆客，行来亦忘年。

咏　石

他山有遗石，一片玉温温。

形色风磨现，精神雨洗存。

入流成水骨，盘岭作云根。

伴我如良友，共分明月痕。

感　秋

冷秋团竹簟，书舍暮沉沉。

雨过寒蝉响，风停落叶深。

一灯随老客，三径对孤琴。

且自茅坡下，犹存万里心。

秋分后之汉阴县漩涡镇支教

凤堰秋分暮，行人去复还。

乱云浮汉水，寒雨入巴山。

路向川边急，村依石上闲。

远灯乡校在，鸣笛动松关。

秋日诗友相约游清凉寺

雨后秋山在，苍阶带寺斜。

松烟分暖茗，竹影动寒鸦。

叶老经初落，门空入不查。

约期还有意，来日看梅花。

田峪探春

远来三十里，车驻雨消停。

野寺沾云白，春溪过柳青。

阶前无病老，树下有安宁。

蓦起归田唱，依风石上听。

元 旦

久住茅坡外，寒情竹作邻。

霜分残月老，日带乱云新。

煎茗少微信，扫屏多故人。

无颜争十八，暗自忆青春。

咏　雪

野村行客早，寒路雪纷纷。

至后欢初见，春前恨不闻。

洗污羞自我，藏洁愧同君。

纵被人间浊，来回也白云。

雪晴日邀人茶聚

一勺香尘落，旋瓯石乳生。

茶初熏面暖，炭烬见心明。

煮雪留云脚，分泉散雨声。

不知人去后，何味到三更。

咏蜡梅

几上梅花落，寒香不是春。

野生凭骨气，瓶隐带精神。

出色风先老，从容雪后新。

往来无长物，留影向何人。

腊八二首

其 一

雾霾无朗日，庭径草参差。

鸟带风声早，梅消雪色迟。

故乡寒独望，长客老相思。

每自伤人物，青春已隔时。

其 二

破书多万卷，棠颂误春烟。

雪后扶门立，茶余倚座眠。

未赢青眼里，犹废白头边。

岁月匆匆去，无从惜旧年。

岁 暮

饭秦成久客，牢落闭柴关。

雁信随时去，人情向晚闲。

松斜归独鸟，雪乱没寒山。

岁改初心在，无堪对老颜。

曲江立春

曲江开岁日，吹律独行经。

鸟影穿烟树，山光入镜屏。

头分残雪白，眼带早春青。

节物随人意，精神自忘形。

夜 饮

腊夜邀长饮，贪欢酒力微。

人情传眼近，世事与心违。

醉自昏灯别，醒从明月归。

推屏无解语，独坐掩柴扉。

月 蚀

曲江灯火外，颜色月交加。

影没吞天狗，光回吐蛤蟆。

耀红三藏寺，明白五经家。

一夜冰盘蚀，人人费蜀麻。

春节前归乡有感

独嘘怜白发，情景是残年。

路出寒云后，人归暖雨先。

夜光留野客，春气动江船。

欲问家何处，沾巾汉水边。

初四雨水

一庭还起色，初润草殷殷。

夜竹藏青雨，晨衣带白云。

精神更岁在，节气见时分。

不意花风晚，春声已可闻。

人 日

曲江初雨过，庭径绿参差。

日暖千峰早，花寒一树迟。

减餐朝服气，长坐夜清思。

忽忘形容老，青春也得时。

初五日关中见春雨

一城青气动，酥雨洗苍颜。

柳信三千里，灯窗十万间。

扫屏分夜寂，停课到春闲。

鹊起重开曙，东风已入关。

寄蜀中锦天兄

十里长安路，春风夜夜歌。

倚香梅落寂，分影月消磨。

客老情还满，年闲话自多。

余诗当坐废，不敢向江河。

秦焚书台怀古

六合开新帝，千秋梦不回。

业成收白骨，书烬起灰堆。

昼雾忧秦火，春风待楚梅。

自怀今古事，无处响惊雷。

【注】：灰堆，又称灰堌，是焚书台的别称。在今陕西渭南市区内。

微信群逢故人有寄

大野浮云色，偏居路自穷。

出沾松叶雨，归带竹林风。

情老十年别，梦孤三宿同。

往来多不见，偶在一屏中。

曲江柳

不出隋堤色，依依野岸头。

叶新遮去路，根老系归舟。

白日身边落，青春眼外留。

柳烟消且涨，还自待沙鸥。

江　湖

江湖曾觉远，不解世情深。

少为浮名绊，多从雅趣寻。

一言赢白眼，千虑损丹心。

虽爱高山曲，也常闲伯琴。

早 春

在野青春早，人闲故事中。

雨沾杨柳乱，云散水天同。

独鸟飞秦岭，香尘没汉宫。

不怜花出色，终久到飘篷。

夜宿张掖

大野烟尘绝，春风塞上游。

红旗千舍动，白日一城收。

水向居延海，花开镇远楼。

此来思汉将，闻笛破甘州。

惜 春

一夜芳春去，余情更几何。

雨斜啼鸟少，风急落花多。

倚阁才消息，分阶已折磨。

应知行色远，不意在茅坡。

春游曲江

曲江初霁雨，行客入芳堤。

日出莺声杂，春分柳色齐。

落花沾草径，垂叶扫云溪。

便是风光野，心情也自迷。

清明偶感

长安天气变，失望五陵春。

野里居闲客，孤楼忆故人。

风经寒食老，雨到落花新。

自解归来处，桃红不避秦。

新　竹

独在群芳外，葱茏自有林。

暖风开紫箨，寒雨见青心。

笛动横天响，竿闲立水寻。

不堪承史册，随意向山阴。

茅坡夜宴树喜先生

苦竹依偏舍，东风见故人。

意和犹自美，情老愈相亲。

隔席莺声怯，争颜酒色匀。

不知分路在，一夜又青春。

春 暮

曲江颜色老，三月费春风。

鸟影翻池绿，榴花歇雨红。

新闻枯眼外，旧事热心中。

自兴闲来往，何须哭路穷。

夜宿汉中

久客青山外，归来自折磨。

志穷逢意少，人老别情多。

问酒身无直。听窗雨几何。

但求田舍计，江火隔烟波。

南　归

秦岭浮云气，长车带雨声。

去处伤离别，归时悦远行。

野里荒村在，田园禾草生。

怅然容色老，还有故乡情。

上圣水寺

远车寒带雨，孤寺白云间。

柳影龙泉动，苔痕鸟道闲。

客参三殿佛，僧卧一窗山。

觉悟凭谁问，时人自往还。

独　坐

入夏多枯坐，琴声已久违。

庭花先雨落，野鸟近人飞。

眼向青云老，心从白发归。

只怜孤月下，谁与共清辉。

端午日采艾值雨

大野行车少，分烟认物形。

雨流溪路白，风入树林青。

隔峪闻茅店，依山叩石屏。

端来初五食，况味似曾经。

晴望终南

清风带朝日，翠色动泉林。

雨过千峰在，云留一径深。

凭窗收冷剑，对鸟发孤琴。

故国倾滂泽，还牵万里心。

入伏前夕故人来访

竹庭山雨后，炎气暮初收。

客影随花入，茶声带盏流。

隔帘遥比舍，临伏近知秋。

不取同仁悦，相嘘论白头。

六月二十二，立秋前四日茅坡作

道僻衡庐在，故人多不逢。

一秋黄叶下，三伏紫薇中。

鸟影分窗月，琴声杂草虫。

自闲知节气，虚阁待西风。

茅坡立秋前一日偶作

老来嫌市俗，移住向南山。

鬓雪风尘在，庭秋草木闲。

卷帘由鸟入，修栅任藤攀。

已惯人情野，经时自不还。

见落叶恰似红唇

下风形色败，零落在长门。

耿耿心犹冷，言言口尚温。

承欢宣合德，失宠逐离魂。

过秋空一吻，何处待天恩。

处 暑

茅坡经处暑，独坐对南山。

雨过花犹净，庭空鸟自闲。

避人无酒力，居竹有诗斑。

在野除迎奉，何由变色颜。

感 秋

客情无冷暖，人老意多违。

暮雨沾青竹，秋风落紫薇。

诗随贾岛瘦，身向庾公肥。

闲坐纱窗里，忽闻孤鸟飞。

【注】：庾公造周伯仁，伯仁曰："君何所欣悦而忽肥？"庾曰："君复何所忧惨而忽瘦？"伯仁曰："吾无所忧，直是清虚日来，滓秽日去耳！"

秋暮，待友人访

五柳穷尘路，茅坡隔旧京。

落花秋气老。飞鸟暮山明。

眼阔藏云色，心闲待雨声。

虽然柴户野，还有故人情。

白　露

移居曲江外，故国复何还。

落叶吟金缕，行苔印玉斑。

发经秋露白，人向暮年闲。

独立时长望，南云隔远山。

中秋前回归汉中

长车三百里，故国动心情。

旧识经年忘，新闻到处生。

柳风飘暮发，江月泛秋城。

又在霜桥外，凭谁问远征。

八月十四夜作

客带风尘色，归来汉水边。

乱云飞野渡，寒雨泊江船。

事减秋分后，人荒霜降先。

应知有明月，不向此时圆。

八月十七日作

长安因久客，已忘是天涯。

暮雨生秦岭，秋风落桂花。

鸟从黄叶入，弦向白云斜。

在野春心废，何来系臂纱。

运城盐池

条山依远势，海气带云浮。

岸阔千株柳，湖平几点鸥。

屯田堆白雪，化日染红楼。

自古河东事。当从百姓忧。

登海光楼

海楼生远目，孤介立河东。

鸟落侵平水，人来带转蓬。

秦尘秋日外，晋火暮山中。

便是青云客，追求各不同。

蓝　关

古道行人少，逐臣无几还。

孤车荒晚照，乱木冷秋山。

眼背秦楼远，心随楚管闲。

已为沧浪客，何忍入蓝关。

渼陂行

野客西行远，闲车到蒉阳。

孤鸟鸣冷翠，粉草敛幽香。

岸转红桥阔，波推紫阁长。

岭前何业在，荣辱见沧桑。

粉巷夜宴璇月君

街巷入风冷，客来春发生。

隔屏曾见教，当面乃知名。

酒趁三巡热，诗从百一清。

夜逢言不尽，明日复长行。

沙尘天茅坡独坐有所思

野户风吹动，寻声不是君。

旧栏人寂寞。寒径鸟殷勤。

叶落霜衣满，花残水石分。

转头还独望，西北起黄云。

喜沪上茶客浪子夜访

自携云谷水，冬夜到贫家。

席对闲分座，壶深漫煮茶。

暖香藏桂子，清气发兰花。

怎借西风力，随君向海涯。

茅坡雪后

紫阁微阳没，寒云带晚烧。

径分新雪淡。山隔故乡遥。

落叶闻邻犬，开庭见野猫。

往来车马客，谁肯向荒寮。

冬暮闲居

久住茅坡远，无聊一已轻。

长云埋古路，大野隔高城。

霜淡水中色，鸟寒弦外声。

但知秦岭在，随意看阴晴。

至前上城淘书暮归茅坡

计日临冬至，无晴复有晴。

课疏因体力，餐忌为余生。

避事常居野，淘书偶向城。

自闲吟一句，还杂暮鸦声。

茅坡养病

一径寒阳在，荒庭入鸟喧。

湿巾沾故国，春信隔长原。

药减还需用，书收自不翻。

或因成病久，枯坐渐无言。

流 年

余殃将岁去，在野换流年。

世事三更酒，人情一夕烟。

气刚卑狗乞，心懒羡猪眠。

偶尔闻车马，还经五柳边。

腊八宴集夜归

筵终独自归，夜雾路人稀。

酒后无他虑，梅前有所祈。

掩门留粥食，空舍废莱衣。

只道西风老，青春又转机。

赋得秋山极天净　五言排律，押秋韵

弃车从鸟路，七月向山秋。

寺野分云静，天高带火流。

长泉风外落，古木日边幽。

豹隐三千岭，烟飘十二楼。

热情临处淡，寒意过时收。

不为吟梁父，何人动楚愁。

己亥元日

火树成春色，长安不夜天。

闭门还减事，开镜欲加年。

食控饥时取，衣松暖处穿。

正元生发气，唯在五辛前。

己亥元月初十日归茅坡

久是长安客，炎凉已历经。

蜡梅斜野水，春雨向寒庭。

感岁头堪白，归闲眼欲青。

可怜门外事，谁忍问情形。

茅坡闲吟

年物随时少，春风近古城。

水开浮柳色，鸟入落梅声。

野径无通讯，孤车有限行。

只期霾雾减，来日是新清。

正月十三日又雪，暮游曲江

岁首阴霾久，晴光几未逢。

鸟孤灯火外，人病雪花中。

感颂应无力，消磨似转蓬。

不随车马去，何处倚春风。

上元郊行

雪带余寒尽，微阳入晚行。

小梅初发色，孤鸟近闻声。

眼淡随春野，心闲背古城。

岭前香草在，不忍怜长卿。

思故人

岁移秦岭在，虚馆待春禽。

日影随云浅，弦声向雨深。

故情延远目，温念满寒林。

一别重逢少，唯余万里心。

春　游

独向重城外，官塘入野斜。

夜风裁柳叶，春雨绣梅花。

草带青田酒，烟飘白鹤茶。

只闻声色近，何处有人家。

乡 念

岭北余寒气，春光未入时。

客情长月影，归虑损风姿。

已忘梁州调，还吟汉水词。

若来寻柳色，先取向南枝。

城南感事

旧日桃园在，东风未著花。

村荒连草陌，寺野没云涯。

白发闲来往，青春自减加。

可怜承业废，无处返桑麻。

茅坡暮归

已是茅坡客，城居且作难。

五门心困扰，三径眼开端。

雨散春衣重，风行老骨寒。

自来投大野，无以附长安。

柴亭茶会

暖风吹郭杜，春日满柴亭。

鸟入松烟白，人沾柳色青。

乳泉新上火，香茗细分瓶。

聚饮南山外，流闻倚座听。

游微山湖

一棹微山远，风光已泛春。

白芦分水径，青鸟近渔人。

岛色花中杂，湖烟柳外新。

系船寻野舍，随处见精神。

喜沪上茶友浪子携"砌雪梅占"茶来访

意气随人至，春衫带紫霞。

入门烹砌雪，分席占梅花。

眼泛云山影，唇沾石乳茶。

不知烟柳外，行色又谁家。

清 明

又临新火日，离别在长安。

野草通阶有，庭花被雨残。

闭门人落寞，虚座鸟承欢。

欲问家茔事，春风起暮寒。

己亥上巳

四野皆花色，春光独在南。

暖窗随柳动，寒舍被桃簪。

意欲平常寡。形容老自惭。

掩门知客少，啼鸟共重三。

黑　洞

一洞乾坤大，周行岁月长。

气冲生万物，形遁敛三光。

飞逝自循返，负阴还抱阳。

此中谁解道，凝目望玄苍。

暮春，连日寒雨有感

满目春芳尽，沉云拥大城。

树空沾雨色，窗冷带风声。

梦里余恩老，书边独照明。

千金曾自废，一诺为谁轻。

春 霁

早知行客老，无意逐春风。

雨过山还绿，云消日复红。

鸟声垂柳外，人影落花中。

纵使沾颜色，阴晴几不同。

四月初二立夏

暑夏当今立，阴沉四月天。

野风飘岸柳，斜雨带江船。

眼向五桥淡，心从三径偏。

只因春气老，无力取归田。

山西行

十载云游老，乘风入太行。

汾前怜异客，槐里认同乡。

鼓寂城犹在，马闲胡不防。

已然逢盛国，谁此问兴亡。

茅坡入夏

向野居三径，朱门已不逢。

十年花出色，双笔意平庸。

雨落春山老，云消夕照浓。

篱边飞瓦雀，兀自近龙钟。

辋川王维故居有感

文杏至今在，扶吟动客颜。

云花思紫日，岭色忆蓝关。

业已三春败，行将百里还。

人来复人往，何处有空山。

渼陂湖二首

其 一

春尽蒉阳里，岸依山骨巉。

一湖流紫阁，三岛宿青帆。

塔静烟云锁，桥空石玉街。

此来承客意，花絮满衣衫。

其 二

渼陂临鄠邑，烟景向长都。

紫阁经波在，黄莺入柳无。

云开延目力，日照朗心珠。

自觉嚣尘远，随风到荻芦。

思故人

一声春鸟去，何处感皇州。

雨细分云落，花残入水流。

眼神空渺渺，心事远悠悠。

又起相思意，无端上白头。

蓝关古道

曾是逐臣路，向关无鼓鼙。

鸟声秦岭北，云色汉宫西。

白日余犹在，青春去不齐。

出行心自贬，谁与饯蓝溪。

儿童节后有感

茅坡依旧在，已误曲江春。

独树栖孤鸟，深藤远四邻。

风吹青雨杂，日带白云新。

自处炎凉变，空庭不向人。

答陇人寄静原鸡

羽柔藏铁骨，冠耸聚丹黄。

印雪原林下，临风塞路西。

短生存五德，长夜费三啼。

纵取庖厨死，将身报庶黎。

茅坡重五

旧篱花渐少，空舍鸟声多。

事向精神倦，身从意气和。

五桥邻郭杜，三径在茅坡。

便是端阳日，谁来费琢磨。

夏　雨

自比青山老，心闲易念初。

暮云经故国，时雨向穷庐。

鸟入朱藤静，花飞绿草疏。

客移韦杜久，留去两无如。

雨中闻笛

五月黄梅熟，秦城待楚娥。

急风飞鸟尽，连雨落花多。

树色沾华发，苔痕染素罗。

不知栏角外，孤管是茅坡。

夏至阴雨

恰似江南雨，长安也入梅。

久阴经夏至，微冷向春回。

日隐相无约，风来自可陪。

更留三伏暑，分入菊花杯。

雨　歇

乱云重午后，阴气积还来。

半似秦庭哭，多从楚客哀。

竹间藏白雨，门下出青苔。

便有新晴色，应凭明日开。

叠韵和李凡兄二首

其　一

晦阴孤客在，伤别自当初。

细雨迷槐国，浮云隐竹庐。

院中荒草茂，篱外故人疏。

已惯巫山老，情形梦不如。

其　二

曾拟向春日，热情还复来。

忍无褒女笑，空有仲宣哀。

避暑趋黄鸟，移家带绿苔。

独居阴岭下，闲等菊花开。

上兴教寺

向川寻古寺,三塔暮烟中。

瓦殿闻香客,蒲团见斗篷。

鸟惊松叶雨,僧带竹林风。

若问兴亡事,浮云几不同。

过王莽清水头村荷塘

曲涧通秦岭,池塘映岌峨。

鸟随山雨乱,人向水莲多。

久日连阴晦,平时变节和。

夏中无起色,兀自待秋波。

夏日茅坡茶聚

大路还车辆，郊扉尽晚开。

树头留白雨，衣角带青苔。

鉴水鱼张目，尝茶杏鼓腮。

一瓯岩韵起，悠婉袭人来。

曲江夏晚二首

其 一

游暑大城外，只身唐肆中。

暮烟连画阁，江火上渔篷。

岸白曾经雨，旗青正待风。

自来沽一醉，难与故人同。

其 二

坐闲平四望，心有玉嵯峨。

为雨花飘寂，随风鸟去多。

日斜人影远，歌寡自声和。

不管江池上，沉浮又一波。

思故人二首

其 一

楼上管弦绝，曲江长夜中。

暗灯分远寺，残月转孤篷。

出带千丝柳，归凭一缕风。

此情唯我在，还以别离同。

其 二

曲江成久客，平水对嶒峨。

岁老交情少，时闲别恨多。

掩门充楚逸，怀病失秦和。

至此遗孤雁，因谁逐海波。

登吴起镇平台山

月照三边静，低云隔暮城。

上峰吹白发，分路掩红旌。

鸟动双梨树，花埋百丈营。

自然鼙鼓绝，谁此忆长征。

渼陂小歇

一夜无风雨，西来解累形。

水鸥旋树白，山岭入湖青。

路隐花连榭，茶闲客在亭。

纵然心气老，高话与人听。

夏日有思

课后经三伏，移家潏水端。

感风分竹细，闻雨带花残。

地僻无来往，人孤几结欢。

十年疏一见，应比别离难。

酬友人寄哈密瓜

友情消大暑，包裹自天涯。

快递经穷漠。新闻带远沙。

熟从黄玉软。甜出碧纹麻。

无以琼琚报，惭分哈密瓜。

暑雨游曲江二首

其 一

曲江余老态，孤客向何方。

水阔浮云远，风微带雨凉。

沾花无暑气，落叶似秋光。

不取青囊卜，闲听笛管长。

其 二

一片清凉气，行来老自欣。

柳风从紫阁，江雨趁青云。

逐鸟孤舟远，流烟两岸分。

废都遗好处，谁解旧殷勤。

七月初八早立秋

孤心随野舍，老眼渐秋光。

白雨初消暑，金风晚带凉。

火流收簟席，花落着衣裳。

谁道寒情远，已从藤叶黄。

闻蛩二首

其　一

石砌连蓬草，孤蛩入夜鸣。

庭空思故国，月满悔初征。

贯耳承凉意，惊心动远情。

可怜同落拓，何忍对秋声。

其　二

孤吟破清寂，起伏动形容。

欲说秋风苦，何堪夜雨凶。

旧栏凭倦客，残砌寄寒蛩。

各自悲情事，分随撞木钟。

曲江感秋

大城闲住久，三径已多违。

晓日分云出，秋风带雨归。

眼空留楚瘦，心冷厌秦肥。

凭此望南国，可怜山色微。

五 绝

人 日

雪霁当人日，柳青初发机。

娥眉争丽色，出户试春衣。

冬月初十少华山访王道士不遇

雪积板桥断，山庐人去空。

闲呼王道士，又在白云中。

立　春

曲江行客少，白发试青春。

独向寒庭外，东风如故人。

田峪探春

山中春出色，鸟道见人家。

行客柴门外，一衫红杏花。

康城酒女

红袖依人醉，梨花似半开。

谁知一夜笑，多是带愁来。

松

一生无媚色，自在野山中。
本是清寒士，不争三月风。

歆　湖

湖田明雪色，远舍生夕烟。
野鹤寒溪唳，声声动钓船。

竹　简

洁身经墨染，穿凿做华篇。
片片伤痕在，文明得续延。

松

孤苦冬无伴，清寒有自知。

一身新落雪，抖擞任风吹。

咏　蝉

一唱毕其功，逐声何愧虫。

纵然秋冷后，身死亦驱风。

秋　望

山远云气近，川平堆翠多。

秋原高望久，心意入烟波。

闻 蝉

嘈嘈蝉未歇，起伏慢消磨。

若为人间苦，此声嫌不多。

禅 坐

云散竹窗暖，雨回松殿寒。

忘机秋寺里，寒暖一蒲团。

望高冠潭

寺前烟树寂，山谷有泉音。

人立青云上，不知秋水深。

【注】：高冠潭，"山形陡绝，有瀑布飞下，如银河倒泻，水柱下为潭，广可数丈，深不可测"。参见《重修户县志》。

铅 笔

黑炭虽贫贱，良心志不移。

舍身经万剐，换得圣贤书。

鹰嘴岩

长风凭绝顶，舒羽振轻霜。

蓄势将飞去，秋云是故乡。

腊月立春

腊月开阳早，江梅一树红。

寒情当不见，兀自入春风。

寒 露

入径沾寒露，落花伤别离。

晓风残月在，无处问归期。

延安行

仲夏向延州，天凉宛似秋。

红旗今尚在，空为白云留。

曲江灯会

春色皇都动，游人漫似烟。

为争灯火早，却在暮云边。

秋 菊

茅坡秋色老，独在野人家。
一夜风霜迫，还能见菊花。

秋 叶

生气渐无力，满庭秋叶黄。
不怜容态老，分色与残阳。

芍 药

不为花奴耻，清容背玉堂。
满庭争艳过，独自发幽香。

七 律

与李大恣酒长安启夏苑

席门迎客见疏牙，相对唏嘘叹物华。

白水浮光思有酒，青瓯滴翠厌无茶。

十年几未筹千斗，一醉焉能惜五花。

只恨平生来往少，东风楼外已天涯。

冬日试茶

下投云雾试龙泉，隔夜山溪过火煎。

呵气温和梅子盏，淋汤洗净美人肩。

三回得味还恬淡，独啜清心也自然。

空舍闭门长谢客，只将茶事做神仙。

五十感怀

年年此日减华颜，每到逢时对镜难。

捋发参差知雪意，烹茶散淡有春闲。

啄疏寒鹊梅红落，剪破东风柳绿还。

五十从头趋四皓，曲江池外即商山。

寄楼观台常处士

终南野舍自悠然，榻上青灯独坐眠。

麻纸抄经无俗法，砂壶瀹茗有机缘。

半窗松叶收残雨，一坨樱桃散晚烟。

虽是楼台门径近，却凭邻峪学丹仙。

启夏苑宴辑哲兄塞上返京

青春未损向天山，万里单车出玉关。

胡笛一声无雪意，黄沙半卷有铅颜。

簪花塞上何难事，煮酒长安也等闲。

莫道西风秋色老，挥巾又在白云间。

冬　至

茶温榻冷夜偏长，半裹棉衾趋火光。

农历细翻知节气，清斋变化认阴阳。

寻常至日多闲趣，次第愁时少计量。

数九寒天都道恶，梅花自在雪中央。

守　岁

炉前暖气减衣裳，爆竹声中夜未央。

红烛高明春曲永，绿茶浅带蜡梅香。

东风半扫年前雪，白眼多添镜里霜。

世事人情都看淡，囡囵一岁又平常。

八月初十叠韵再和志海

西风一夜出心裁，过径桂花侵露台。

坐早忘茶凭水老，看闲持卷向山开。

榻前客少图清静，门后灰多谢往来。

难就此情分俗事，秋光与我两无猜。

癸巳年九月廿九日游华州桥峪

行游十里少华西，野径荒村半转迷。

红入屏山烟暖树，绿穿曲涧水寒溪。

秋风拂面霜多挂，暮鹊分声雾不栖。

随意犹怜桥峪外，往来只问月高低。

立冬二首

其 一

北风一夜破三秋，庭院红黄半不留。

欲问虚华谁到底，还凭枯寂我从头。

天凉无色怜青竹，云暗多尘惜紫瓯。

今日立冬犹有意，数声寒鹊上重楼。

其 二

满院新霜落过秋，寒鸦迟暮带云留。

朔风行意输青眼，毒雾关心赚白头。

人老愧无苏武杖，途穷喜有孔融瓯。

倚窗一醉虚名去，草舍犹成十二楼。

冬　至

一阳冬至夜初生，雾里楼台照水平。

起九严寒烧地暖，孤单老疾坐天明。

偶思故国茶犹在，久别亲人梦不成。

无奈此情长自解，又将落叶作春声。

叠韵再和诸诗友

冬至阴阳接续生，起头数九渐和平。

旧愁或使尘烟暗，新梦应从灯火明。

桐叶满阶金尚在，梅花几树玉初成。

严寒莫道春情远，一夜东风忽作声。

元　旦

岁末钟声夜不眠，高灯坐尽一三年。

听风扫雾微尘落，看日烧霜空气鲜。

无事凭窗栽佛手，有闲排席煮山泉。

书斋又是新元旦，重振精神在马前。

腊　八

一声灰鹊柳千枝，绿起梅花未放时。

新买腊寒秦镇酒，暮凭冬暖曲江池。

招回白眼多无意，闲到苍头少有知。

初八尚能承粥饭，只怜残岁雪来迟。

初五立春

过年五日立阳春，雁塔池边物候新。

岸柳宣风枝半染，江梅照水色初匀。

烧甜酒验青囊术，泡苦茶分白社人。

岁月应催颜面老，唯凭自己打精神。

初六感怀

分年昨日物华新，向晓来时已建寅。

石径林疏飘白雪，江亭风暖出青春。

闲茶入盏无公事，寡酒沾襟有故人。

只道天恩依旧在，苍头更喜自由身。

春雪，步志海韵（禁用雪玉盐花絮 白粉银晶莹十字）

春窗一夜眼初惊，六出帘前动远情。

款款铺梅低有色，纷纷入竹细无声。

随云落片消寒路，夹雨飘霏洗古城。

休恨不知杨柳意，东风再起更新清。

端　午

门前艾叶石榴花，团扇端阳独在家。

灰鹊透帘声错落，碧梧依户影交加。

松风铁釜汤应嫩，玉露瓷瓯味不差。

虚室从来无远志，坐残香火试丹砂。

西湖感怀

绛帐熏风又上心，手栽桃李见山阴。

过庭交错何堪老，车笠相逢自比今。

千日楚材曾立雪，十年吴市未牵襟。

分茶笑说青云志，一棹平湖夕景深。

夏游潜龙寺

朝从云雾带衣裳，百尺孤峰入寺凉。

日隔朱栏槐碧碧，风通紫殿柏苍苍。

煎茶扫座僧多礼，拾草翻阶鸟不忙。

只道闲来心绪静，却凭何事上禅堂。

甲午立秋日遇雨，暑热尽消

阴阳节序入秋平，夜竹交阶带雨声。

久养虚斋人散淡，初凉残簟梦难成。

曲江花气关心少，雁塔风光过眼轻。

聊自煎泉吟茗事，茶中应有故园情。

步友韵和教师节

感秋谁与计桑麻，西席悬鞭倚晚霞。

桃下树人三十帐，李前教子一千家。

柴门愧有何曾箸，竹簟羞无陆羽茶。

望老蓬山飞雁远，几声啼过野蕉花。

步韵和诸诗友秋分诗

秋蛾入夜见灯飞，半盏葡萄酒力微。

窗外浮云随雨去，屏中思念与风归。

颜回巷里犹初愿，安道门前似久违。

待向南山赊菊趣，疏篱兀自晒寒衣。

步韵从头和京安兄

风霜点染影交加，夜雨初晴寂树鸦。

老趣寒灯翻散曲，孤情陋舍避含沙。

龙门浊聚谁思汉，神道清修我祛邪。

掩面羞成忧倚柱，残年也要伺朝霞。

冬至

交时节序自相催，雅聚闲情春气回。

久病人前唯忌酒，初阳户外更期梅。

刷屏虽少南山讯，煮茗犹盈北海杯。

习俗重依寻古趣，吹壶试演动葭灰。

腊月初六曲江宴禹州张金伟

此身从未许微衔，塑玉中州自一家。

心醉色瓷红似酒，情牵影釉绿如茶。

相逢煮雪追三宿，作别扶垆典五花。

纵是长安西照外，惺惺应惜在天涯。

腊月初十雪霁

五九东风隔柳条，闲循腊事也无聊。

清斋炉火茶初酽，曲径阳光雪半消。

眼里参差梅影近，耳中续断鹊声遥。

岁前犹道春情早，却怕铺排到灞桥。

除 夕

窗外梅花看不真，东风一缕夜初匀。

岁残独守红灯晓，年易闲挑白发新。

十里曲江成异客，三更酒宴缺家人。

此情又是逢时节，莫使寒心辜负春。

元　日

声惊小觉起寒堂，走马灯前数到羊。

怀石杯中残腊酒，瓶花几上发梅香。

人闲去岁当新岁，客久他乡如故乡。

自对终南轻捷径，唯凭山水付春光。

上　元

上元家事未安排，半湿青衫出小斋。

眼外江风浓柳岸，身前径雨淡梅阶。

红旗拂鼓谁分酒，翠袖猜灯自取牌。

此日多情应不忌，一城春意动人怀。

寒食二首

其　一

北望春城入景斜，曲江野老解桑麻。

寒庭绿染重阶雨，暖树红沾一径花。

习俗晨昏埋灶火，分闲虚静试丹砂。

东风莫使门前过，误会蓬蒿介子家。

其　二

几人寒食祭先贤，雨到清斋改火前。

案上桃花红愧色，窗中柳影绿羞烟。

虚心自抑三春动，寡味多从一榻眠。

当向介山分远志，曲江池外养天年。

和飞星谷雨有感

日暮邀筵忘楚囚，落花桥外去还留。

素衣无染清明泪，浊酒能消谷雨愁。

换座吹嘘平子赋，依灯羡慕庾公楼。

青春一醉他乡老，不使余钱在杖头。

端午节前独自煎茶偶得

庭中一树石榴花，雨绿晴红自减加。

不乞端阳长命缕，闲煎骑火故人茶。

临门艾叶吹香气，落户山光带晚霞。

谁是白衣持节物，又当清舍问桑麻。

出　伏

满庭高树不鸣蝉，出伏清斋渐泰然。

雨过窗纱收暑气，风临玉柱换秋弦。

相闻故事人情少，独坐新凉日影偏。

七月应知流火暮，自行将息画屏前。

白　露

秋夜孤灯寝未安，西风听得落花残。

垂帘半透衣沾雨，晓色微明竹扫栏。

虚室自消三宿梦，闭门谁饮一瓢欢。

曲江楼下终无事，又是寻常白露寒。

记陕西建盏协会成立

盏放半坡秋舍间，唐城闽地自相关。

风吹锦兔飞金缕，雨近鹧鸪侵玉斑，

铁骨丹心经水净，萍踪幻影落云闲。

未来排席行茶事，当忆建阳无数山。

中秋前夜了然斋茶聚

秋斋夜雨菊花前，铁铫岩茶起火煎。

素手轻盈翻似玉，麻衣淡薄动如烟。

吹香过盏无经意，隔席开心自了然。

旧恨新欢谁又是，只将因果对流年。

感　秋

雀罗门内事多惭，落帽吹嘘自不堪。

插菊看黄花漠漠，悬头闲白发毵毵。

半箱残卷怜寒士，一盏孤灯误暖男。

虚室素屏谁与扫，只将清趣对秋酣。

重　阳

十年闲散误秋光，朱雀门前作故乡。

冷月初逢惊六气，春风久别怕重阳。

还思雁谷茱萸树，不问龙山帽子霜。

一叹青葱翻岁老，推屏又是菊花黄。

【注】：雁谷，家山也。

读北岛《守夜》有感

故乡犹在北风边，暗夜相思久不眠。

借酒昏灯吹白发，烧诗冷壁放青烟。

八千归路秋痕满，一万楼台客影单。

自未甘心行脚老，又将无语对明天。

冬日感怀

满庭凋敝色参差，小径闲行入远思。

残叶附风秋落尽，久阴贪雨雪来迟。

墙边过鸟多相问，屏上故人犹不知。

独自寒宵怜老去，取茶谁与共煎时。

冬日酬微诗友

故人相见一屏遥，手指纤纤带暖宵。

试对无情催出句，期评满意数陈条。

漫煎微信茶犹酽，细焙新诗烛不焦。

忘却长安将岁暮，北风依座起春潮。

无 题

半月冬情雾又阴，身慵意懒暮沉沉。

听风带雨斜帘动，看径无人落叶深。

孤榻苦眠经夜断，满屏微信隔时临。

自知楼外非吾事，只是亲们未放心。

腊 日

客逢腊日感时差，走食行唐费老牙。

三十年前春出路，两千里外夜还家。

寒衣浅带泥坑酒，暖席浓蒸石乳茶。

初九早来催粥饭，坐听山鹊上梅花。

腊月十四雪霁，佛家庄赏梅

日照寒村午后明，小梅枝上渐春声。

分茶火动通身暖，积雪风吹隔路平。

来往漆庐新寄客，起居佛舍旧先生。

久闻未识真人面，只在堂前说法清。

初四曲江探春

曲江池外试新声，问取青春又不成。

柳色初从遥处染，梅香已到落时轻。

寒心恨雨花无讯，暖眼怜风鸟作鸣。

知是此来多爱错，唯凭白发认余生。

春日感怀

早知率意是穷途，启夏门前望废都。

野径花情行处艳，昭阳日影问时无。

老来偏爱春风暖，沉醉犹贪夜酒孤。

谁笑曲江长寂寞，未将明月误平湖。

寒 食

寒食数来谁可怜，不教朝市断炊烟。

临江野鸟孤还泣，傍路樱花晚欲燃。

冷落多从三径里，温存只在九门边。

清明未必夸长世，入夜犹听卖纸钱。

夜 读

长灯倚榻费韦编，又是消磨苦不眠。

开卷已无夫子恨，抱衾多有太公怜。

心凭鲁壁存明月，眼对秦坑感旧年。

夜静更深家尚好，孤楼读作五湖船。

高考随感

十年寒暑费殷勤，各待恩荣次第分。

万卷虫书埋绛帐，三章锦字著青云。

萤囊忘食曾无日，雁塔题名或有君。

不怕秋闱花气少，也沾堂桂与人闻。

出伏感怀

谁分此忆曲江端，一夜秋风暑已残。

久隔香烟虚座席，初闻冷雨入栏杆。

皇都草木情犹苦，野寺门庭意尚难。

三十五年归未去，可怜商颂误长安。

感同窗秋饮雅集，步韵和之

独坐无谁计酒筹，南冠已破楚人忧。

栏边冷雨侵红眼，镜里轻霜染白头。

自学长从餐石客，相亲偶羡忘机鸥。

不怜人在屏山外，一样秋江向海流。

近重阳

一窗秋雨透纱罗，虚室无心和九歌。

吹剑独餐时放浪，绝弦高卧夜消磨。

三荆树下朱萸少，五柳门边白菊多。

每到重阳情自薄，龙山不上又如何。

大雪节气感怀

忽忆山南老不归，行游万里故人稀。

温情尚耐霜侵座，冷眼堪蒙酒染衣。

扫净沙烟陈巷辙，看残日影曲江圻。

虽知五十形容改，应有初心未失机。

岁 暮

岁暮风衣尚有尘，独凭寒馆忆青春。

浓霾隔壁他随意，暗火沾窗自入神。

弦外十年山骨老，几前一夜海棠新。

或从三九催颜色，只把花情与故人。

除 夕

吹嘘一岁又糊涂，雁塔门庭向却无。

小试春风惊律变，长怀故国爱梅孤。

投文半折蝇头笔，扫案多熏鹊尾炉。

客老谁怜除夕夜，精神自许在屠苏。

人日立春

长安七日立阳春，隔径东风色不匀。

白发曾沾双胜彩，红炉已熟五般辛。

情关世事无同病，眼带乡愁偶背人。

只待鸡声催节物，应从律变起精神。

春 柳

三冬眼瘦景萧萧，一夜春风出柳条。

久寄寒云情尚冷，新凭暖日气初烧。

虽怜又染南山路，不忍重生灞水桥。

岁月枯荣由变色，悲欢转是夕和朝。

清 明

细雨清明倚座眠，春风已过曲江边。

多从老病悲孤客，偶把寒楼作钓船。

青眼未赢飞柳后，白头还败落花先。

承恩即便分新火，无力为谁烧纸钱。

哭陈锡华兄

一夜风声不忍闻，落花亭外又思君。

寒窗有爱方知暖，倦路相逢始向勤。

应恨鹤归留寂寞，可怜瓯缺转离分。

茱萸此后无从寄，欲插黄山隔白云。

归郭杜避暑

茅坡别业皂河边，日带红云远欲燃。

庭树阴阴孤鸟静，径花寂寂野居偏。

布衣解脱来无客，岩茗消磨坐有禅。

暑伏初临烦热盛，唯凭冷气散焦烟。

郭杜夜宴，送弟子返乡

夜带秋烟细柳东，人生绛帐偶相逢。

承恩洗雨平三节，立志凌云达五公。

千里阴晴明月在，十年笑骂苦心同。

飞机此去何时见，自是长安一望中。

秋日对雨

苔阶湿滑闭闲门，独点秋灯向积昏。

立雨还嫌风冷落，凭云却念日温存。

疏篱隔断南山路，旧席余残北海樽。

反复炎凉穿着恼，选衣多是带啼痕。

八月十六夜阴无月

昏灯冷落夜无眠，节气时逢暗晦天。

紫叶埋阶风打理，黄花倚石雨垂怜。

人同别恨千山隔，病与孤情一径偏。

明月有心当解意，中秋未照不团圆。

连阴秋夜喜诗友雅聚

茅坡雅集为清欢，赤酒黄花合玉盘。

待客移风招北烛，迎人拨雨洗南冠。

逢从冷席经心暖，别向沉云隔眼寒。

何事秋车悲一去，已留情意在长安。

初 冬

冬情漠漠掩阑干，不忍花庭草木残。

且自书房温药酒，无从桂阁取云冠。

灯分剑影经风乱，鸟共琴声向雨寒。

城阙雾霾消日月，只凭霜骨在长安。

苏 武

单于帐外牧牛羊，日出东边是故乡。

胡酒灯前千盏冷，梅花梦里一枝香。

沙驼铃远如家信，塞雁声高似奏章。

苦计归程无去处，两行老泪向咸阳。

和李凡兄

一壶村酒解风寒，久住落花秋水端。

姜被有吾书伴寝，席门无客鸟承欢。

向来山野皆情趣，不事朝堂也乐观。

守得斜阳谁计日，闲听篱外起波澜。

七律和李凡岁末感怀

拂须认马总难成，学哭秦墙误此生。

鲁壁书多开卷悯，董帷梦少用心明。

当街远避何曾箸，入巷还寻颜子名。

自诩蓬庐闲散客，南山更有菊花情。

和李兄

寒山独坐晚屏深，世事如烟却上心。

四五分疴难入梦，两三杯酒易浮吟。

华阳正月无归马，商颂十年多捉襟。

虽道借庐闲白发，何曾一日减声音。

寄建溪茶女燕燕

去年余叶转瓯黄，闲枕松风忆茗汤。

素手蒸烟沾碧露，低眉传盏带斜阳。

秋分作别闽山远，雨水寄愁秦柳长。

又见明前茶事迫，怎将春嫩捻新香？

和卞思

出来云路有天宽，半日光明也喜欢。

少试风声依竹杖，久凭花气拂衣冠。

道行长感红尘恶，禅坐早知苔石寒。

纵是青山心事老，也将春色与人看。

和李凡兄

悬头抉目我难成，四十余年白发生。

雁塔簪花犹爱错，篱门种菊也聪明。

虽无定力师冯道，却有闲心访戴名。

一酌荒村沽酒去，常赊夕照省人情。

和李兄

春心一向寄花丛，登上杜陵尘事空。

正是置身天地外，全然无意是非中。

闲情不恨知音少，野趣当凭桃李红。

长对斜阳沾酒色，归来独自带东风。

冬至后，庭中蜡梅花开

寒情至后未增加，蜡染庭梅一树斜。

径上枝黄还有叶，烟中日淡已无鸦。

暗香岂敢承人赏，疏影该当被月夸。

谁附望尘身外事，不凭冰雪也开花。

小寒日有感

客里长居忘远游，茅坡已作旧梁州。

小寒应比孤心冷，枯树犹胜老脸愁。

帘下百钱闲卖卜，肆中千日醉争瓯。

人同岁月炎凉变，一径终归雪满头。

丁酉腊月初三

春心不耐染霜毛，比向梅花雪气高。

俗事难从残岁减，闲情偶自过时淘。

西漂渭水怜秦客，北卧茅坡废楚骚。

腊月初三茶火趁，为谁煎得大红袍。

访酒师阿蓝留夜饮

终南岭上隐生涯，选药收泉酿百花。

腊瓮新醅浮绿蚁，春杯小酌结丹砂。

沾唇露点香开气，扑面风流暖带霞。

应是长寒增酒力，醺醺一夜故人家。

腊月立春前

人情尚在旧年中，不自铺排到五穷。

暮雪分寒沾鬓满，朝阳带暖过心空。

松间鸟出余音在，案上花残落影逢。

袖手书斋方合适，明天又怕见春风。

寒　假

长安客久已如家，未向高庭乞物华。

五十行腔声色老，三千学子往来差。

钟闲教室多休课，月满书斋独煮茶。

宿雪虽无门下立，春风一样透窗纱。

初三日有感

正月初三又一天，举头无地对先贤。

吹瓢废老青门外，放钓休慵渭水边。

长恨孤心犹余力，忽惊稚子已成年。

情怀纵有千方事，未及春风一缕烟。

感 春

长安火树夜情深，十里歌弦动上林。

人散九门灯过眼，自来三径柳开心。

瞳瞳日暖随花出，片片云寒向水沉。

常在曲江声色外，不当因此负光阴。

惊 蛰

二分颜色带春回，客老应无蜀鸟催。

暖气初蒸通蛰户，寒云久敛隐惊雷。

风吹腐败天微绿，雨洗新鲜地不灰。

曾许故园花有信，从谁数落到江梅。

独啜夜茶

一径春风向柳斜，茅坡久住未移家。

空由两眼还休事，老到孤心自爱茶。

起火红炉烹夜雨，旋瓯紫笕带汤花。

入喉滋味从来急，分说与谁无蜀麻。

甘州怀古

西飞白鸟向甘州，自带春风作远游。

猎猎旗边千虏破，茫茫漠外五营收。

长征草色连青海，野宿笳声透锦裘。

看尽塞烟军马歇，只今谁与试吴钩。

牡 丹

君王一笑早承欢，带得骄情半倚栏。

花萼殿中赢百美，曲江池外误千官。

春风有意天香贵，夜雨无人国色寒。

落尽尘泥方寂寞，凭谁日日怨长安。

步李凡兄"上巳"诗韵自遣

山莺出谷带春音，欲谢东风唱到今。

啄破榴花红雨浅，飞高柳叶白云深。

重重九阙经何去，漫漫无门尽处寻。

芳卉本来开便落，可怜还自费神吟。

榴 花

移根万里隔胡沙，待向东风发绿芽。

得意曾经安石国，随情已入汉臣家。

不同桃李争春雨，还与槿荷分晚霞。

二月中旬应出色，庭前半夏是榴花。

夏 至

榴花落尽转阴阳，过影分来日最长。

竹骨留青穿纸扇，纱帷洗白脱衣裳。

声明古树莺犹响，汗浸新诗夜不凉。

时态发炎人物热，与谁清静敛天光。

盛夏游渼陂湖

西陂水岸过来孤，白鸟飞飞入荻芦。

一片空潭沉紫阁，三分野径背皇都。

桥穿柳影深兼浅，石隔波声有若无。

莫论天恩承热意，人情此看与时殊。

宜君七夕

小城秋早冷无蝉，行客西风古驿边。

玉垒埋尘金锁在，沙场出色火旗悬。

三分石阁鄜州月，一缕花溪巧节烟。

听倦世情棠树下，自怀心事抱书眠。

中元节后游曲江有感

周颂十年朝玉楼，渐疏鬓发已沾秋。

莲池乱雨红何在，柳岸宽风碧欲流。

消废热情翻石席，养闲明目对沙鸥。

归来不觉江天晚，抖落衣尘忽自由。

中秋长阴无月

客里中秋月不全，荒庭露白草千千。

家分两地悲何处，事在孤心惜旧年。

纵眼云堆秦岭失，留情火烬曲江偏。

添衣更觉形容老，坐听西风杂管弦。

太湖人家

一湖秋水有人家，野渡篷船向日斜。

荷里竖栏分蟹网，云边筑舍占鸥沙。

朝来食客遥离市，夜宿云烟独在涯。

不问炉前寒暖色，随时卖酒出芦花。

暮秋返京参加入学四十周年庆典活动

满背西风向帝州，人随落叶故园游。

传衣一别三千里，隔路重逢四十秋。

酒色迷离邀白发，歌声续断忆红楼。

少年意气谁还是，唯有闲情狎海鸥。

曲江夜游

曲江十九月初残，荷叶欲枯秋水宽。

乱火分舟归荻荡，香风带鼓出歌坛。

杯中庙颂人还醉，席上眉飞客自欢。

暮暮朝朝犹不歇，谁知已是白霜寒。

过黄河望中条山

岁老何曾废远游，长车自带晚风秋。

霜情十月闲青眼，雪气千峰欲白头。

寒路笛声鸣复寂，野船灯火放还收。

条山不共浮云动，坐看江河日夜流。

咏红叶

寒鸦一过带西风，满径斜阳叶染红。

希宠未生长乐殿，寄愁曾出上阳宫。

野岭逍遥何寂寂，层城委废自穷穷。

不为芳华争艳早，精神尚在雪霜中。

大雪日长安见雪

耀灯吹鼓夜承欢，容色醉如赪玉盘。

功颂曲江赢百世，利通秦岭伏千官。

新闻到处红旗暖，故纸堆时白发寒。

霾漫雾迷虚盛迹，一朝风雪没长安。

对 雪

飘飘六出满皇京，半透虚窗夜尚明。

残岁又从新雪去，远愁兀自急寒生。

封门困卧怜袁节，置酒空怀访戴情。

千里玉尘关塞在，与谁吹剑问长征。

年终总结

烟花一夜又匆匆，转首追寻百事同。

侥幸还存恩幸外，新年尚在旧年中。

霜青雪白当休眼，水静云闲自养蒙。

吹嘘不待西元节，唯忧误了野狐功。

蜡 梅

耐得三冬百木残，娇黄尚在玉枝端。

身卑忝列梅花谱，气雅幽开蜜蜡丸。

浅透春香时解恨，深移月影夜承欢。

空庭径自凌霜雪，不屑西风带岁寒。

感 春

东风又染曲江春，久愧桃源尚在秦。

依柳不迎车马客，拂弦还误水云身。

应知楚草荒三户，已惯唐花满四邻。

相距灌坛分路远，五陵无气待何新。

年后偶感

曲江颜色费春灯，年节疏无耐久朋。

风恨别离迟发柳，水怜漂泊早成冰。

难闻蜀鸟啼三径，独在秦楼望五陵。

寒寺暮钟香火绝，不知阴岭是龙兴。

新　柳

春风在野自然来，又剪陶门五树开。

细柳千丝迷病眼，初莺半啭动离怀。

青条未折情还切，白发先凋事可哀。

旧日骄姿随辇御，逢人不敢问章台。

访炉青堂，路见灞柳有感

灞桥西岸柳丝长，绿到清明夺眼光。

随手折时风未暖，伤心别处雨还忙。

青春不惜成离客，白发多愁失故乡。

谁道远情无泪渍，只因行色染衣裳。

残　春

已从三月减精神，满目飘零色不匀。

雨带花愁红落水，风吹柳恨绿沾巾。

闲居避事无方客，独坐翻屏有故人。

天气自来还自去，为谁难过曲江春。

端午后库峪访人不遇，自于溪边煎茶

欲问山庐到水涯，青烟隔看泛鸥沙。

连松一径牵人意，错竹三阶占物华。

风色倚门年未减，雨痕留壁日应加。

当闲不觉天阳落，自取溪泉试野茶。

夜　茶

半瓯新嫩自天然，生在山南云水边。

好饮空门逃陆羽，催归隐舍奉朱权。

曾经茗战三千席，已集茶文一百篇。

岁老当休江海志，唯听夜雨到清眠。

答故人

斜阳一缕透藤萝，倚杖谁闻陌上歌。

六十风尘难料理，三千笔迹且消磨。

纷纷花落青春败，暮暮人闲白发多。

自愧孤蓬流影疾，身名岂敢废江河。

雨中南山访人不遇

独向终南问谷神，浮云十里半成真。

雨迷荒路有行客，风入野庭无故人。

乱水曾经苍涧老，残阶未减绿苔新。

寥寥影迹知何处，纵在同山隔一尘。

叠韵酬李凡兄

欲从三径取精神，草舍孤灯也认真。

虚座未添青眼客，断篱还少白衣人。

松间细雨长听浅，竹里清风偶觉新。

屏外有君知我意，倚门何必拜车尘。

借凉亭主人无题韵

卜第茅坡向竹林，随时起卧白云深。

花间伏气埋双剑，座上分神废一琴。

陶径草荒从此适，阮家人去复何寻。

静中闻彻铃声远，方觉耳边三妙音。

叠韵和凉亭兄

斜阳一缕在松林，便有风烟隔路深。

黄雀隐逃公子弹，碧庭空对伯牙琴。

十年鸦发自霜老，三圃菊花从雨寻。

尽管茅坡临暑伏，初蝉尚未起声音。

再叠寄凉亭兄

曾诩茅坡是阮林，自从来往见情深。

虽无满醉高阳酒，却有虚弦靖节琴。

十载丹心存一片，双屏墨迹解千寻。

南斋夜夜翻留帖，独守清眠待雁音。

无　题

老心渐与白云同，无意投身事五公。

闲卧茅坡求隐默，远移草舍废恩隆。

珠光不照青荷雨，酒气微熏紫竹风。

留守野郊穷僻处，任由四外起蒿蓬。

茅坡立秋后

炎凉世态懒经心，自向茅坡久独沉。

药气消磨风袖老，弦声勉强雨堂深。

挑帘放鸟无由入，掘地移花尚可寻。

只是闲庭人物在，秋阴不复作春阴。

倒韵再和凉亭兄

暮老谁知惜寸阴，青春偶在梦中寻。

曾经暑气胸情热，已动秋声眼恨深。

分手故人风杳杳，共屏闲客雨沉沉。

长安此际应无事，只与孤弦说自心。

七 绝

残 腊

开帘起火试残茶，一榻西风独在家。
相对越瓯汤尚早，闲听几上落梅花。

机场夜送浦兄入渝

风带柳枝吹白头，高云夜望向渝州。
远情未必相逢久，明月同光两地秋。

秋醿

漫从霁色典秋光，安定门边似故乡。

入巷扶垆将进酒，西风一醉带斜阳。

安庐夜闻南箫

海气沾帘雨半收，夜茶人在曲江头。

谁同六月分箫管，清奏如凭十二楼。

楠溪江

清江返照石桅斜，野渡柴亭半盏茶。

闲向山人寻去路，轻舟一唱出芦花。

春游嘉午台

苔阶湿滑带云斜，远向烟溪四五家。

更爱青山春色晚，残阳落入紫桐花。

雪 竹

疏枝斜卧雪溪边，白白青青两不宣。

虽道一生无艳季，精神却在北风前

山 泉

浅浅清泉出石头，山中自在少闲愁。

纵能一去依沧海，也不随川入浊流。

春 梅

满院寒情认不真，东风行色挂枝新。

无从数落孤心远，又把余香典一春。

枯 菊

出身凭此占秋华，数落西风也自夸。

或有闲情分雪趣，却难将就到梅花。

听张璟弄筝

桐风半损入帘钩，拂向秦筝趁晚愁。

谁是春江天外客，十三弦上动渔舟。

春燕咏

梁州燕子一声哀，衔带春泥过岭来。

为解长安游子恨，檐头筑起望乡台。

桃花开

南山九峪起红云，百里桃花十里村。

骑路欲寻留客处，春风一笑在柴门。

喀拉斯新秋

炊烟散乱晚林中，云起日沉湖色红。

歇马乞茶秋帐外，苏儿一管起西风。

净业寺礼佛

云埋古寺北风宽，一院梅花著晚寒。

晓得山门无寄客，只收心事上蒲团。

新　晴

雨歇风平石气温，袈裟斑驳有春痕。

收经不去敲云板，坐看晴光入寺门。

寒　食

早沾花色试新声，待乞君王殿里行。

寒食无人知介子，一城春动火薪明。

上耿峪首阳山

沾雨带云山色微，扮辞周粟减春肥。

高低涧路皆新草，行到首阳归不归。

耿峪叟

袖手斜阳合柳烟，一篱荒草是残年。

人来不忌春衫老，笑让瓢溪板石前。

登秦陵

东风半日有春闲，迷在秦陵草木间。

小试登临犹得意，不知身后是骊山。

北京纪行

风尘五月入帝京，二十二年空博名。

后海桥头今又是，夜深依旧卖花声。

唐天坛遗址有感

春尽一丘啼鸟哀，开元遗石长青苔。

游人不识朝天处，只有斜阳依旧来。

冬　梅

暗香已惯苦寒家，不向温情费物华。

长恨东风犹未识，铺排春色到梅花。

残 梅

老蕊枯枝气象高，孤芳几未减分毫。

虽然半落寒庭外，也向东风试剪刀。

咏手机

喧声错目苦相酬，耽误春光费指头。

犹恨掌中无一用，却凭何物寄乡愁？

夏雨感怀

长门久住已龙钟，盘算花期恨转浓。

又是闲来凭暮雨，将谁数落到窗松。

夏雨有和

未曾润物费春风，却教枝头渐洗穷。

无奈心情浑似我，一宵续断在梧桐。

中　秋

高舍阔窗孤不嫌，向风吟罢自沾沾。

酒醺梦里传秋月，半解清光到竹帘。

望玫兄归楚

秋楼寄望独凭闲，晓月轻车出武关。

一酌曲江归楚去，千重水更万重山。

十年颜色带秋痕，来去匆匆酒尚温。

昨夜长安相对坐，一天人已到荆门。

薄暮空寒月不明，侵窗细竹打秋声。

裹衣出望长征客，车向汉阳余几程？

除夜煎茗

又是岁除寒夜长，闲从陈茗取春光。

懒知来日千般好，只向砂壶典一香。

除　夕

葡萄一盏起精神，红上衰颜色未匀。

倘使东风还给力，应从除夜试青春。

辛卯元夜，坐候次日立春

煎茶榻坐夜无人，半卷闲书到立春。

不为龙钟嘘白发，只从时易取精神。

破 五

沉帘晓动日蒙蒙，半卧惊闻赶五穷。

无奈年年家国事，几人得意在春风。

人日见雪

窗风沾雪柳蒙茸，寒入汤茶味不浓。

依黯又开人日剪，将谁夹带到龙钟。

观桂维君金彤油滴盏

筑泥调火趁秋风，吹破松烟识醉红。

最爱苍冥经雨后，鹧鸪飞入夕阳中。

十年天目试丹青，宿在窑头梦未醒。

纵是金鳞心气老，也同秋色上浮萍。

除　夕

清斋煮茗夜萧萧，乱写残梅雪未消。

除夕又从灯火尽，却凭春日一窗遥。

七　夕

年年此日鹊犹稀，如约天桥未失机。

但恨人间多憾事，无端独自掇秋衣。

曲江夜游

十里南湖夜不眠，香风费尽买花钱。

凭谁无那添秋恨，灯影歌声共一船。

八月初九咏菊，步韵兼和志海

一篱疏雨染新黄，银杏坡前是首阳。

纵使经霜花季短，不将身恨负秋光。

八月十三偶成

松风半起小庭闲，鸟带斜阳去复还。

赢得几多清冷日，漫煎茶水洗秋斑。

中秋步韵和继杰兄

闲煎一盏菊花黄，秋雨旁听夜转凉。

今夕谁将明月看，依稀又在子陵乡。

借云山房自吃茶

常借云山未有因，寒灯只向武夷春。

索泉乞席贪孤座，石乳一瓯如故人。

呈曲云老师

一声唱彻海风秋，花鬟轻霜独上楼。

十万旌旗谁又是，犹从落日望凉州。

曲江楼上望长安城中雾霾有感

曲江楼上酒初匀，半向层城认不真。
曾是殿前朱雀道，可怜一路起烟尘。

回　家

铁路三千半日程，长车破雾向西行。
回来不吝分春色，只使东风多一声。

春　雨

一城天洗去高尘，梦里方惊已是春。
只怕杜陵经雨后，千条柳色寄何人。

无 题

微信孤灯夜未开，苦将秋雨共徘徊。

唏嘘不使春心老，典与寒庭化绿苔。

咏洛阳荷花石"高秋图"

西风一夜向寒清，露叶霜花落水平。

谁识汉宫钗上鸟，只凭枯树典秋声。

小雪节气，时逢十月初一，有感

孤窗一晌雨声稀，欲向家山试手机？

不忍烧烟今又是，沿街十月送寒衣。

安庐吃茶

一声寒鹊夕阳中，世事消磨百转空。

倚席不知春韵老，半因香茗隔西风。

抢红包有感

白眉相隔画屏悬，指下挥金夜不眠。

晓向春风敲酒肆，囊中尚有杖头钱。

暮春夜饮呈廋石先生（乙未三月十五）

落花楼外带香尘，索酒相逢问五津。

自向春风无所住，同情应是倦游人。

竹里听泉茶聚

幽幽竹里起茶烟，灯影池声淡入弦。

小坐香辰消暑夜，清风自在故人前。

中元（拈三江韵）

冰轮海月似银釭，漫教秋痕入小窗。

谁与中元分夜色，桂花楼外隔寒江。

近中秋

蝉声冷落近中秋，一夜清芬典白头。

曾许西风消息满，可怜不及桂花稠。

秋　苔

冷园寒砌为谁来，片片相思化不开。

纵是长安檐下客，也凭秋雨出青苔。

阜川茶观试茶

自生川阜处茶堂。妙手煎来石乳香。

不问山南因旧识，春风一盏染衣裳。

【注】：《荀子赋》："有物于此，生于山阜，处于室堂。"

小寒前思故人

半解风衣着晚晴，小寒时近梦无成。

闲来倚座吹箫管，谁与楼前认此声。

问 雪

隔帘三径漫飞芦，才到梅花问却无。

鬓发唯能留雪意，且同残岁照屠苏。

雪中蜡梅已残，感春梅未发

其 一

腊月花情认作梅，艳香明色向君催。

陇头孤影无消息，只为春风走一回。

其 二

不籍东风自剪裁，愧分残雪背人开。

死生还报春芳信，一样寒心暖处来。

上元日游曲江

老来行色带青春，十里江风半惹人。

雁塔元宵灯尚早，亦从寥落取精神。

阳台宫雾开见天坛峰

春烟古树望宫台，十万青山雾未开。

王屋洞天谁得见，风光只为有缘来。

读唐伟《春分》诗有感

曲江颜色不关心，长卧冷斋聊自吟。

只道东风帘外浅，拾花方觉已春深。

伤 春

一池花雨误春光，颜色染成流水长。

知此形容人不看，只凭风日减衣裳。

清明后寄闫兄

十年行色识春风，花气初宣复转蓬。

同是白头沧浪客，长情应在别离中。

步韵树喜先生（新韵）

莫道天台识旧踪，风光气象历来同。

可怜无数登临客，谁到云山取一峰。

应孟兄邀之禹州途中口占

朝行只为故人游，急使长车向禹州。

万水千山分一醉，不知谁在谢家楼。

寄叶鹏

细雨清风入茗汤，试来岩韵百分长。

殷勤不负闲人意，一啜犹沾石乳香。

伏后秋雨有感

晚蝉无力隔窗纱，百转心情独在茶。

休道秋风寒雨迫，门前尚有石榴花。

除 夜

笛声花气隔春风，野舍天街两不同。
虽是九门朝日近，温存只在触屏中。

吹空调有感

折纸团蒲未可扇，山堂里外两重天。
挂机遥取清凉气，忽觉人生不自然。

七 夕

河汉佳期隔一秋，只教鹊羽向风流。
可怜都费神仙事，多少人间不自由。

咏 山

久将泉脉付江湖，还有白云应不孤。

无志走投依大海，自成天柱废前途。

连日大雨，惊闻山南洪水泛滥，
故乡一片泽国

夏雨连绵忽转凉，居深竹叶着秋装。

惊闻大水山南怒，一角孤城认故乡。

闻小雅堂主定荣兄常患耳鸣有寄

千窑翠色费长更，赚得风霜两耳鸣。

寒径晚山应独看，倚梅还带夏蝉声。

咏小雅瓷砚

凿岭澄池试火光，花青玉白出浮梁。

分来小雅真情物，一抹松烟发墨香。

启夏门怀古

启夏门前古水流，曾随御辇逐江鸥。

浮云落日谁还是，只带春风向酒楼。

己亥人日

春开七日有余寒，彩胜无从替锦冠。

试得辛盘生发苦，方知事理作人难。

海　棠

枯枝发萼过篱笆，自得春风处士家。

未必宫梅颜色早，寒阳也上海棠花。

梨　花

闲门一树趁春光，薄染铅华晓带妆。

不解风情趋白雪，满庭飘落为谁香。

桃　花

十里桃花向五台，春风染似美人腮。

芳菲不应刘郎事，只在南山野处开。

牡　丹

一栏黄紫起精神，临近清明始动人。

无意感恩贪国色，自由应在草庐春。

凌霄花

陵苕一簇过篱墙，倚在清风独自香。

虽见朵红时有落，附尘依旧带斜阳。

庭　松

移松野舍渐精神，一片轻阴不奉秦。

耐得天时风雨热，只凭冰雪长龙鳞。

藤下闲坐

久坐交藤绿满襟，炎阳自有落阴深。

红尘已废三春意，纵使风流不动心。

时事有感

一庭烟雨湿衣襟，前恨已随弦管深。

气焰生消孤竹在，邪风不敢动清心。

下　编

诗　论

齐梁体平仄举隅

"齐梁体"，唐人诗作和诗话中多有涉及，最早见于王昌龄的《诗格》。由于《诗格》传本佚散，相关内容只有空海所撰《文镜秘府论》的引文流传于世。王昌龄在《诗格》中称"齐梁体"为"齐梁调诗"。唐代皎然的《诗式》中有"齐梁诗"一目，旧题白居易的《金针诗格》中亦有"诗有齐梁格"一目。

"齐梁体"是指南北朝时齐、梁二代所流行的诗体，其特点是讲求音律谐协、对偶工整和词藻华丽，但内容则相对平淡空泛且流于浮靡，如宋人严羽所言："诗有词理义兴，南朝人尚词而病于理。"① 但从格律诗的发展看，

____

① （清）何文焕辑：《历代诗话》（下），中华书局1981年版，第696页。

____

"齐梁体"的出现无疑在诗史上占有重要的一席之地，严羽在《沧浪诗话·诗体》中论及南北朝诗时说："以时而论，则有……永明体、齐梁体、南北朝体"①，将齐梁体、永明体与建安体、初唐体并称为格律诗的重要标志。魏晋南北朝是格律诗开始走向繁荣的时代，人们常常将齐梁体与永明体并列为那个时代的标识，因永明是齐武帝年号，从时间上言齐梁应该包含永明。就风格论，齐梁体与永明体非常接近，因此有"举永明体者，盖存其源，称齐梁体者，则总其归"的说法。清人姚范的《援鹑堂笔记》卷四十四云："称永明体者，以其拘于声病也；称齐梁体者，以绮艳及咏物之纤丽也。"清代冯班也认为，"自永明至唐初，皆齐梁体也"，"齐时如江文通诗不用声病，梁武不知平上去入，其诗仍是太康、元嘉旧体，若直言齐梁诸公，则混然矣。齐代短祚，王元长、谢元晖皆殁于当代，不终天年。沈休文、何仲言、吴叔庠、刘孝绰皆一时名人，并入梁朝。故声病之格，通言齐梁，若以诗体言，则直至唐初皆齐梁体也。白太傅尚有格诗，李义山、温飞卿皆有齐梁格诗，但律诗已盛，齐梁体遂微。后人不知，或以为古诗。若明辨诗体，

---

① （清）何文焕辑：《历代诗话》（下），中华书局1981年版，第689页。

当云齐梁体创于沈、谢，南北相仍，以至唐景云、龙纪，始变为律体"①。"齐梁体"不仅指齐梁时代的诗体，而且还特指中国古典诗风的特点：一是风格，即陈子昂所谓"彩丽竞繁，而兴寄都绝"，朱熹所谓"齐梁间之诗，读之使人四肢皆懒慢不收拾"②的意境；二是指格律，即与永明体相近，就是白居易、李商隐、温庭筠、陆龟蒙等所说的齐梁格诗。

"齐梁体"的基本平仄句式如下：

a 式：仄仄平平仄，（常见变句：仄仄仄平仄；平仄仄平仄）

b 式：平平平仄仄，（常见变句：平平仄仄仄；平平仄平仄）

A 式：仄仄仄平平，（常见变句：仄仄平平平；仄仄平仄平）

B 式：平平仄仄平，（常见变句：平平平仄平；仄平平仄平）

齐梁体大体可以分为对式律、粘式律和对粘式律三种格调。

---

① （清）冯班著，（清）何焯评：《钝吟杂录》，杨海峥、韦胤宗点校，凤凰出版社 2017 年版，第 73 页。

② （宋）黎靖德编，黄珅、赵姗姗注评：《朱子语类》，凤凰出版社 2013 年版，第 223 页。

一 对式律

所谓"对式律",即一联之内平仄相异相对,在两联之间也是如此。这是一种只相对而不相粘的格式。对式律是一种重叠式,是由同一个律联重叠而成的。这种格式形成的时间较早,数量也较多,尤其是在四行体的绝句中。

(一) a，B。a，B。**仄起平韵**

侍宴咏石榴 (孔绍安)①

可惜庭中树，移根逐汉臣。

只为来时晚，开花不及春。

送别 (陈子良)②

落叶聚还散，征禽去不归。

以我穷途泣，沾君出塞衣。

越城曲 (沈满愿)③

别怨凄歌响，离啼湿舞衣。

愿假乌栖曲，翻从南向飞。

---

① (清) 彭定永等编:《全唐诗》,中华书局 1960 年版,第 490 页。
② 同上书,第 498 页。
③ 逯钦立辑校:《先秦汉魏晋南北朝诗》,中华书局 1983 年版,第 2134 页。

春江花月夜（杨广）①

夜露含花气，春潭漾月晖。

汉水逢游女，湘川值两妃。

（二）b，A。b，A。**平起平韵**

赠范晔诗（陆凯）②

折花逢驿使，寄与陇头人。

江南无所有，聊赠一枝春。

春诗（王俭）③

风光承露照，雾色点兰晖。

青荑结翠藻，黄鸟弄春飞。

后园作回文诗（王融）④

斜峰绕径曲，耸石带山连。

花余拂戏鸟，树密隐鸣蝉。

咏芙蓉诗（沈约）⑤

微风摇紫叶，轻露拂朱房。

中池所以绿，待我泛红光。

---

① 逯钦立辑校：《先秦汉魏晋南北朝诗》，中华书局1983年版，第2663页。
② 同上书，第1204页。
③ 同上书，第1380页。
④ 同上书，第1405页。
⑤ 同上书，第1658页。

送吕外兵诗 （吴均)①

白云浮海际，明月落河滨。

送君长太息，徒使泪沾巾。

石桥诗 （庚肩吾)②

秦王金作柱，汉帝玉为栏。

仙人飞往易，道士出归难。

（三) B，a。B，a。 **平起仄韵**

西塞山 （韦应物)③

势从千里奔，直入江中断。

岚横秋塞雄，地束惊流满。

【注】：此格在齐梁作品中尚未发现，今只列唐人诗例一首。

（四) A，b。A，b。 **仄起仄韵**

山中杂诗 （吴均)④

山际见来烟，竹中窥落日。

鸟向檐上飞，云从窗里出。

玉阶怨 （谢朓)⑤

夕殿下珠帘，流萤飞复息。

① 逯钦立辑校：《先秦汉魏晋南北朝诗》，中华书局 1983 年版，第 1752 页。
② 同上书，第 2003 页。
③ （清）彭定永等编：《全唐诗》，中华书局 1960 年版，第 1995 页。
④ 逯钦立辑校：《先秦汉魏晋南北朝诗》，中华书局 1983 年版，第 1752 页。
⑤ 同上书，第 1420 页。

长夜缝罗衣，思君此何极。

　　辛夷坞（王维)①

木末芙蓉花，山中发红萼。

涧户寂无人，纷纷开且落。

（五）b，a。B，a。**平起仄韵**

　　中兴歌（鲍照)②

梅花一时艳，竹叶千年色。

愿君松柏心，采照无穷极。

　　茱萸湾北答崔载华问（刘长卿)③

荒凉野店绝，迢递人烟远。

苍苍古木中，多是隋家苑。

　　江雪（柳宗元)④

千山鸟飞绝，万径人踪灭。

孤舟蓑笠翁，独钓寒江雪。

【注】：唐人仄韵五绝多用此格。

---

① （清）彭定永等编：《全唐诗》，中华书局 1960 年版，第 1302 页。
② 逯钦立辑校：《先秦汉魏晋南北朝诗》，中华书局 1983 年版，第 1273 页。
③ （清）彭定永等编：《全唐诗》，中华书局 1960 年版，第 1482 页。
④ 同上书，第 3948 页。

（六）a，b。A，b。仄起仄韵变格

浴浪鸟（卢照邻）①

独舞依磐石，群飞动轻浪。

奋迅碧沙前，长怀白云上。

【注】：此格初唐五绝中常见。

（七）A，B。a，B。仄起平韵变格

登封大酺歌（卢照邻）②

明君封禅日重光，天子垂衣历数长。

九州四海常无事，万岁千秋乐未央。

（八）B，A。b，A。平起平韵变格

秋江送别（王勃）③

早是他乡值早秋，江亭明月带江流。

已觉逝川伤别念，复看津树隐离舟。

【注】：以上两格都为初唐诗人袭用。

二　粘式律

所谓"粘式律"，即在一联之内，上、下句中第二

---

① （清）彭定永等编：《全唐诗》，中华书局1960年版，第531页。
② 同上书，第532页。
③ 同上书，第684页。

字、第四字平仄相同相粘；在两联之间，也是如此。这是一种只相粘而不相对的格式。粘式律是一种重叠式，是由同一个律联重叠而成的。这种格式与对式律一样，形成时代较早，数量也不少，特别是在四行体的绝句中。

（一）b，B。b，B。四平头诗

别永新侯（江总）①

送君张掖郡，分悲函谷关。

欲知肠断绝，浮云去不还。

咏余雪诗（沈约）②

阴庭覆素芷，南阶塞绿葹。

玉台新落构，青山已半亏。

咏笛诗（萧衍）③

柯亭有奇竹，含情复抑扬。

妙声发玉指，龙音响凤凰。

永明乐（谢朓）④

帝图开九有，皇风浮四溟。

---

① 逯钦立辑校：《先秦汉魏晋南北朝诗》，中华书局1983年版，第2594页。
② 同上书，第1656页。
③ 同上书，第1537页。
④ 同上书，第1419页。

永明一为乐。咸池无复灵。

新月诗（庾信）①

郑环唯半出，秦钩本独悬。

若交临酒影，堪言照弩弦。

（二）b，b。b，b。**四平头诗**

永明乐（谢朓）②

朱台郁相望，青槐纷驰道。

秋云湛甘露。春风散芝草。

赐张率诗（萧衍）③

东南有才子，故能服官政。

余虽惭古昔，得人今为盛。

从军行（谢惠连）④

赵骑驰四牡，吴舟浮三翼。

弓矛有恒用，殳铤无暂息。

【注】：旧题白居易所撰《金针诗格》中，有"诗有齐梁格"一目，云："四平头，谓四句皆用平字入是也⑤。"四平头诗乃齐梁体诸格调中一种重要类型。1、2两式是所见齐梁诗中四平头诗的主要形式。

---

① 逯钦立辑校：《先秦汉魏晋南北朝诗》，中华书局1983年版，第2406页。
② 同上书，第1419页。
③ 同上书，第1573页。
④ 同上书，第1190页。
⑤ 张伯伟：《全唐五代诗格汇考》，凤凰出版社2002年版，第356页。

（三）a，A。a，A。**四仄头诗**

　　襄阳蹋铜蹄歌（沈约）①

分手桃林岸，送别岘山头。

若欲寄音信，汉水向东流。

　　咏杜若诗（沈约）②

生在穷绝地，岂与世相亲。

不顾逢采撷，本欲芳幽人。

（四）A，A。A，A。**四仄头诗另一格**

　　折杨柳歌辞（无名氏）③

遥看孟津河，杨柳郁婆娑。

我是虏家儿，不解汉儿歌。

（五）a，A。b，B。**前仄后平，两句一粘**

　　夜夜曲（沈约）④

北斗阑干去，夜夜心独伤。

月辉横射枕，灯光半隐床。

---

① 逯钦立辑校：《先秦汉魏晋南北朝诗》，中华书局 1983 年版，第 1624 页。
② 同上书，第 1658 页。
③ 同上书，第 2158 页。
④ 同上书，第 1622 页。

昭君怨（何逊）[①]

昔闻白鹤弄，已自轸离情。

今来昭君曲，还悲秋草生。

（六）B，b。A，a。前平后仄，两句一粘

东阳溪中赠答（谢灵运）[②]

可怜谁家郎，缘流乘素舸。

但问情若为，月就云中堕。

三　对粘式律

所谓"对粘式律"，即一联之内，上、下句平仄相异相对；在两联之间，二、四位平仄相同相粘。这是一种既相对又相粘的格式。对粘式律是一种结合了对式律和粘式律，声调变化更加复杂的一种格式。这种格式是近体诗律的早期形态。在齐梁时代，这种早期的近体诗律已经被广泛采用了，从齐梁诗人的作品中可以看到大量例证。

---

① 逯钦立辑校：《先秦汉魏晋南北朝诗》，中华书局1983年版，第1680页。
② 同上书，第1185页。

（一）b，A。a，B。**平起平韵**

在渭阳赋诗（王伟）①

平明听战鼓，薄暮叙存亡。

楚汉方龙斗，秦关陈未央。

重别周尚书（庾信）②

阳关万里道，不见一人归。

唯有河边雁，秋来南向飞。

早梅诗（谢燮）③

迎春故早发，独自不疑寒。

畏落众花后，无人别意看。

石桥（萧若静）④

连延过绝涧，迢递跨长津。

已数蓬仙客，兼曾度獦人。

王昭君（施荣泰）⑤

垂罗下椒阁，举袖拂胡尘。

唧唧抚心叹，蛾眉误杀人。

---

① 逯钦立辑校：《先秦汉魏晋南北朝诗》，中华书局 1983 年版，第 1863 页。
② 同上书，第 2402 页。
③ 同上书，第 2551 页。
④ 同上书，第 2125 页。
⑤ 同上书，第 2112 页。

（二）a，B。b，A。仄起平韵

咏帐（沈约）①

甲帐垂和璧，螭云张桂宫。

隋珠既吐曜，翠被复含风。

被执作诗一首（庾肩吾）②

发与年俱暮，愁将罪共深。

聊持转风烛，暂映广陵琴。

梦见故人（姚翻）③

觉罢方知恨，人心定不同。

谁能对角枕，长夜一边空。

送卫王南征（庾信）④

望水初横阵，移营寇末降。

风尘马足起，先暗广陵江。

摘同心栀子（刘令娴）⑤

两叶虽为赠，交情永未因。

同心何处恨，栀子最关人。

---

① 逯钦立辑校：《先秦汉魏晋南北朝诗》，中华书局1983年版，第1657页。
② 同上书，第2004页。
③ 同上书，第2116页。
④ 同上书，第2403页。
⑤ 同上书，第2132页。

（三）B，a。A，b。**平起仄韵**

离合诗（谢惠连）①

夫人皆薄离。二友独怀古。

思笃子衿诗。山川何足苦。

别诗（范云）②

洛阳城东西，长作经时别。

昔去雪如花，今来花似雪。

（四）A，b。B，a。**仄起仄韵**

侍宴咏反舌诗（沈约）③

假容不足观，遗音犹可荐。

幸蒙乔树恩，得以闻高殿。

和江中贾客诗（庾信）④

五两开船头，长桥发新浦。

悬知岸上人，遥振江中鼓。

又：特殊格。

---

① 逯钦立辑校：《先秦汉魏晋南北朝诗》，中华书局 1983 年版，第 1197 页。
② 同上书，第 1553 页。
③ 同上书，第 1657 页。
④ 同上书，第 2403 页。

（一）a，a。B，b。**上二句仄起叠，下二句粘。**

邯郸歌（萧衍）[1]

回顾灞陵上，北指邯郸道。

短衣妾不伤，南山为君老。

（二）b，b。A，a。**上二句平起叠，下二句对**

别诗（张融）[2]

白云山上尽，清风松下歇。

欲识离人悲，孤台见明月。

（三）A，b。a，b。**上下二句对，中间不粘**

咏鸂鶒（谢朓）[3]

蕙草含初芳，瑶池暖晚色。

得厕鸿鸾影。晞光弄羽翼。

（四）A，a。A，b。**上二句仄起粘，下二句对**

王孙游（谢朓）[4]

绿草蔓如丝，杂树红英发。

无论君不归，君归芳已歇。

---

[1] 逯钦立辑校：《先秦汉魏晋南北朝诗》，中华书局 1983 年版，第 1516 页。
[2] 同上书，第 1410 页。
[3] 同上书，第 1454 页。
[4] 同上书，第 1420 页。

（五）b，B。a，B。上二句平起粘，下二句对

寄王琳诗（庾信）[1]

玉关道路远，金陵信使疏。

独下千行泪，开君万里书。

　　齐梁时代是一个对诗的格律进行大探索的时代，这一时代的诗人们创造了许多独特的平仄调谱并实际运用于诗歌的创作中，对于唐代近体格律诗的形成产生了决定性影响。沈约、谢朓、王融和周颙等齐梁诗人在声调韵律方面的探索和研究，不仅开创了中国古典诗歌辉煌灿烂的齐梁时代，而且深刻影响了唐诗的基本风貌，为格调优美、百花齐放的唐诗时代的到来奠定了基础。

---

[1]　逯钦立辑校：《先秦汉魏晋南北朝诗》，中华书局 1983 年版，第 2401 页。

浅谈五律的写法

清代才子袁枚在《随园诗话》中说："'五律一首，如四十贤人；其中着一屠沽儿不得。'余教少年学诗者，当从五律入手：上可以攀古风，下可以接七律。"① 他在此充分肯定了五律在近体诗中的基础性地位。

五律诗的特点是古朴、高远、淡雅、自然，它以特有的意蕴和简约的文字将近体诗的美感表达得淋漓尽致，达到了引人入胜的效果。怎样写好五律诗，是许多诗词研究者和爱好者非常关注的问题，从五律的特点和音韵学的角度来看，学习五律的创作应从以下四个方面入手：一是格律，二是谋篇，三是句法，四是字法。

---

① （清）袁枚：《随园诗话》，人民文学出版社 1960 年版，第 35—36 页。

一 五律的格律

五律是近体诗中最接近古风的律诗。它用的很多句法、字法，包括格律，都很贴近古风。相对于七律，五律的格律相对宽松，如五律首句多不入韵。从格律上看，五律中常常会出现拗句或半拗句，如：

仄仄平平平　　平平仄仄仄

平平仄平仄　　仄仄平仄平

平仄仄平仄　　仄平平平平

仄仄仄平仄　　平平平仄平

王力称作"入律的古风"，其实也是这种情况。还有一种句式，如"仄平平仄平"，这种句子经常会被认为是在进行犯孤平的本句自救，它源于平平仄仄平的句式，是犯孤平第一字用"仄"时第三字用"平"来拗救，这就形成了仄平平仄平。五律中比较常见的还有平仄仄平仄、仄平平仄平，以及仄仄仄平仄、平平平仄平的用法。

清代董文涣在《声调四谱》中提到的一种拗句，即上句"平平平仄仄"中的第三字拗仄为"平平仄仄仄",这是正拗律而非借古句。他认为,句首的二连平无夹平之病,若再拗首字为"仄平仄仄仄",或再将三四字拗救为"仄平仄平仄",这样的拗句就算拗到了极端,那么下句则必须用"平仄仄平平"来应对。

至于"平平仄仄仄"的句式,有人主张应该用三平调(仄仄平平平)来救,如"草色全经细雨湿,花枝欲动春风寒"(王维《酌酒与裴迪》)。但下三仄对下三平,这是标准的古风句法,反而离近体格律诗更远了,所以有人主张下三仄也可不救,如"江流石不转,遗恨失吞吴"(杜甫《八阵图》),同样给人余意不尽、此恨绵绵的感觉,有点睛作用。

王力在《汉语诗律学》中提到的所谓"入律的古风"和"古风式的律诗"都表明了唐人在五律创作中崇尚古意,句法上更接近古风的写作特点①。唐代姚合选编的《极玄集》中收入了83首五律,其中使用拗句的有53首,而完全符合标准格律的五律反而要少一些。

---

① 王力:《汉语诗律学》,上海世纪出版集团、上海教育出版社2005年版,第425、437页。

二 五律的谋篇

谋篇，是指五律的布局，亦即篇法。五律的基本篇法与其他格律诗的篇法相同，都是由起、承、转、合四个环节组成。

通常五律的起承从描景叙事开始，转结常常以抒情为主。如："空山新雨后，天气晚来秋。明月松间照，清泉石上流。竹喧归浣女，莲动下渔舟。随意春芳歇，王孙自可留。"（王维《山居秋暝》）"摇落暮天迥，青枫霜叶稀。孤城向水闭，独鸟背人飞。渡口月初上，邻家渔未归。乡心正欲绝，何处捣寒衣。"（刘长卿《余干旅舍》）这两首诗的前两联都是描景，后两联抒情，这种布局在五律中比较常见。一般说来，描景易而抒情难，因而起承转合四个环节如何融合往往决定着一首五律的成败。

第一，"起"是五律中最重要的一步。五律的起联与绝句不同，绝句的"起"追求的是"响如惊雷"的效果，因为绝句的空间比较小，只能开门见山，立即切入主题。但五律有四联，有一定的空间，能够从容地展开描景抒情，因而"起"句就可以先铺陈，从写景叙事或抒情引入主题，如"风景清明后，云山睥睨前"（刘长卿《清明后登城眺望》），"太乙近天都，连山接海隅"（王维《终南山》），"今夜鄜州月，闺中只独看"（杜甫《月夜》）。

因为五律的"起"一般比较平缓，所以就需要第二联烘托，以便在韵律上呈现出"平——陡——平"的节奏感。但有的五律"起"得比较陡，与绝句的"起"相似，同样"响如惊雷"，如孟浩然的"吾观非常者，碌碌在目前"（《送陈七赴西军》），"贵贱平生隔，轩车是日来"（《岘山饯房琯崔宗之》），"人事有代谢，往来成古今"（《与诸子登岘山》），给人的感觉是在缺乏铺垫的情景下，突然就进入要想表达的话题上，这样的"起"常常会带来意料之外的惊喜。

第二，"承"的部分。"承"，即是承托，以不即不离为要，要求做到明中有暗、暗中有明、若有若无、恰到好处，也被形容为"草蛇灰线"。如贾岛的"任官经一年，县与玉峰连。竹笼拾山果，瓦瓶担石泉"（《题皇甫荀蓝田厅》），第二联烘托第一联，从居住环境、平时的活动来烘托任官这一年的生活，这就是"承"托。在许浑的"月凉风静夜，归客泊岩前。桥响犬遥吠，庭空人散眠"（《夜归丁卯桥村舍》）中，虽然都是写景，但第二联与第一联既相呼应承托又有区别，意在引出主题。一首好的五律或七律，第二联起承前启后的作用，第二联写好了，整首诗就有了灵魂。

第三，"转"的部分。五律的转折多在第三联（颈联），少数五律也会把"转"放在第四联（尾联）。"转"所追求的是"平湖掉舟"，在湖里划船掉转船头时不能太急，否则就可能把船划翻，所以要通过一定的弧度，慢慢地把船头掉过来，这就是"平湖掉舟"的感觉。杜甫的"昔闻洞庭水，今上岳阳楼。吴楚东南坼，乾坤日夜浮。亲朋无一字，老病有孤舟。戎马关山北，凭轩涕泗流"（《登岳阳楼》），用"转"就非常到位，前两联描述景色，到第三联时联想到自身的处境，尾联就是情绪的完全宣泄。

当然，有些五律不在第三联"转"，如杜审言的"独有宦游人，偏惊物候新。云霞出海曙，梅柳渡江春。淑气催黄鸟，晴光转绿蘋。忽闻歌古调，归思欲沾巾"（《和晋陵陆丞早春游望》）。这首诗前几句是描景叙事，将"转"放在第四联的上句"忽闻歌古调"，用"转"带出尾联。可以看出，第四联也具有连"转"带"结"的功能。

第四，关于"结"。五律的"结"一般都放在尾联，

"结"的最高境界是"结如撞钟",即放下撞木后钟声依然余音缭绕,令人回味无穷。从古人的实践看,五律的创作中常常会用到以下几种结法。

一是词尽意不尽,即"结如撞钟",如王勃的"无为在歧路,儿女共沾巾"(《送杜少府之任蜀州》),挥手作别却是英雄豪情,语言所能表达的已经是极致了,但仍然意蕴万千。

二是意尽词不尽。一首诗要表达的意思似乎已经说尽了,但是话好像还没有说完,有时就用问句来"结",如司空曙的"为问同怀者,凄凉听几声"(《新蝉》),郎士元的"借问山阳会,如今有几人"(《送张南史》),还有"笑问客从何处来",问了以后没有回答,却给人以无穷的想象,这就是意尽词不尽。

三是词意俱尽。就是话说完了,意思也表达清楚了,再也没有什么可表达的了,这就词意俱尽。如"牧童遥指杏花村",问了酒家在什么地方,牧童一指:就在那个地方——杏花村,问题已经回答了,词意皆尽。刘长卿的"溪花与禅意,相对亦忘言"(《寻南溪常山道人隐居》),也是词意皆尽。

四是词意皆不尽。如李白的"语来江色暮,独自下寒烟"(《寻雍尊师隐居》),感觉上话没有说完,意思也没有表达完，但是诗已经结束了。

第五，谋篇中的"三分法"，即把五律分为"首""腰""尾"三部分。"首"指的是起首，也就是起联为首，是兴起。"腰"是中间两联，承载着承和转的功能。第四联为"尾"，连转带结。在王维的"太乙近天都，连山接海隅。白云回望合，青霭入看无。分野中峰变，阴晴众壑殊。欲投人处宿，隔水问樵夫"（《终南山》）中，第二联"白云回望合，青霭入看无。分野中峰变，阴晴众壑殊"是景物描写，起承上启下的作用，从第四联的上句"欲投人处宿"开始转，转与结都在第四联。刘长卿的"荒村带返照，落叶乱纷纷。古路无行客，寒山独见君。野桥经雨断，涧水向田分。不为怜同病，何人到白云"（《碧涧别墅喜皇甫侍御相访》），中二联具有承上启下的作用，但第四联从"不为怜同病"转到"何人到白云"，结得非常优美。

一般说来，除"偷春格"外，五律的首联和尾联通常不要求对仗。"偷春格"把本应在第二联的对仗提前到首联，因此颔联可以不对仗，如同春天在立春之前来临，原本对仗的颔联反而成了非对仗联，就如同立春后的"倒春寒"。

杜甫的诗，常常首联以对兴起，第二联、第三联也是对仗，第四联则不用。这是杜甫非常喜欢的用法，被称作"老杜家法"。

至于五律的中二联，一般是正常的对偶，有时也用上下呼应的"流水对"，如"行到水穷处，坐看云起时"（王维《终南别业》），它的上、下联的意思是连贯的，也称作"十字血脉"，即打断骨头连着筋般紧密连接。

五律中的对仗与对联中的对仗不完全相同，对联中的"扇对法"（第一句与第三句对，第二句与第四句对）和"无情对"虽然比较有趣，但在五律中很少用到。

三　五律的句法

袁枚在《随园诗话》中对诗的句法曾有这样评价："诗有有篇无句者，通首清老，一气浑成，恰无佳句令人传诵。有有句无篇者，一首之中，非无可传之句，而通体不称，难入作家之选。二者一欠天分，一欠工夫。必也有篇有句，方称名手。"①

讲究句法是五律的特色。从律诗的发展史看，唐代以前，如齐梁时代，诗人在创作时更多的是追求整首诗

---

① 郭绍虞、罗根泽主编：《随园诗话》，人民出版社1962年版，第157页。

的意境的呈现，而不是刻意地雕琢词句，有些诗一气呵成，虽然没有特别出色的句子，但整首诗非常清新雅致，自然天成，因而被称作"有篇无句"。五律产生后，最初比较接近于古风，仍然是清新自然的风格，但在发展中越来越注重句子的雕琢，句子的雕饰和华丽在中晚唐时期达到一个高峰，有时整首诗没记住，但是好的句子记住了，这被称作"有句无篇"。因此，创作五律时既要追求清雅自然、高古淡远的意境，又要创造出一两个美的句子，二者不能偏废。

五律的句法主要包括以下几个方面。

一是五律的句型。五律的句型很丰富，最常见的有"二一二"句型，如"太乙近天都，连山接海隅"；"二二一"句型，如"禁钟春雨细，宫树野烟和"；"鸟倦江村路，花残野岸风"是"一一二一"结构；而"青菰临水拔，白鸟向山翻"，则是"二一一一"句型，有人试图将它变成"二一二"结构，即"白鸟——向——山翻"，但毫无疑问"二一一一"的结构更恰当一些。其他的如"种荷依野水，移柳待山莺"，是"一一一二"结构；"石乱知泉咽，苔荒任径斜"，是"一一一一一"结构，因为每一个字都是单独的。之所以会把句子分成不同的结构，是因为写五律时，特别是写中间两联时，如果其中一联用了"二一二"结构，另一联就不能重复这种结构，这样，两种不同的句型在节奏和韵律上就不会显得单调，从吟诵和朗读的角度也具有音乐感。

二是五律的句法。白居易的《金针诗格》曰："诗有三般句：一曰自然句；二曰容易句；三曰苦求句。命题属意，如有神助，归于自然也；命题率意，遂成一章，归于容易也；命题用意，求之不得，归于苦求也。"①

所谓自然句，是指本色而非刻意创作出来的句子，如"昔闻洞庭水，今上岳阳楼"（杜甫《登岳阳楼》），看似没有特别用力雕饰，表达得非常自然。"野火烧不尽，春风吹又生"（白居易《赋得古原草送别》），是比较率性的一种写法，这就是容易句。所谓苦求句，是指经过反复推敲、琢磨、雕琢出来的句子，这种句子在晚唐五律诗中出现得比较多，如"潮摇蛮草落，月湿岛松微"（贾岛《送安南惟鉴法师》），如果不是用心琢磨很难写出来。

除"三般句"外，在五律中也常常用到"十字血脉"句法、古意句法、比物句法和问答句法。

"十字血脉"句法是上下联密不可分的表达方式，如

---

① 张伯伟：《全唐五代诗格汇考》，凤凰出版社2002年版，第357页。

"离离原上草，一岁一枯荣"（白居易《赋得古原草送别》），"孤舟有归客，早晚达潇湘"（刘长卿《岳阳馆中望洞庭湖》），上下句关联在一起，浑然天成，如同血脉相连。

古意句法，即句子中没有太多的雕琢痕迹，直承魏晋六朝之风，古意昂然，如"物色连三月，风光绝四邻"（王勃《仲春郊外》），"皎皎白林秋，微微翠山静"（陈子昂《酬晖上人秋夜山亭有赠》），是魏晋南北朝时常见的句法。

比物句法，是指通过其他的事物来引出要表达的主体，如"听雨寒更尽，开门落叶深"（无可《秋寄从兄贾岛》），不直接说雨下得怎样，而是用"落叶深"来呈现雨的样子，是比物以意。"微阳下乔木，远色隐秋山"（马戴《落日怅望》），夕阳落到树林里，好像秋山燃烧起来了，以"远色"与"微阳"相互映衬来表现夕阳西下的美景，以事琢句，妙在言其用而不言其名。

问答句法，是指以疑问的语气显示所要表达的意蕴，使诗文激起波澜，以引起读者注意并给读者以想象的空间。至于问后是否有答案并不重要，也可以通过答非所问而将语意荡开，给读者更广阔的欣赏空间，如"飘飘何所似，天地一沙鸥"（杜甫《旅夜书怀》），是一问一答，"不作边城将，谁知恩遇深"（张说《幽州夜饮》），是先有答案再来反问，"借问山阳会，如今有几人"（郎士元《送张南史》），问而不需要回答。

四　五律的字法

作诗虽不必过分拘泥于字句，但往往也会因一字一句的使用不当而影响了诗的整体意韵。"以字不工而害其句，句不工而害其篇"，有些五律中曾发生过类似的失误，如"鸟恋药棚长独立，树欺诗壁半旁生"（林逋《留题李休山居》）中的"欺"字，害了"半旁生"的爱惜逊避之意。"叶随流水归何处，牛带寒鸦过晚村"（苏迈《句》），秋日黄昏，小桥流水，牛羊归圈，描画了一幅静谧而灵动的乡间晚景图，但"何处"就不如"别村"用得妙。北宋熙宁年间，王安石应学士召，他的密友王介以诗讽之，"草庐三顾动幽蛰，蕙帐一空生晓寒"，虽然"蕙帐一空生晓寒"极有清气，但上句"草庐三顾动幽蛰"却显得有些粗鄙，主要是"蛰"字在修辞上不够讲究，也与王介清流雅士的身份不匹配，后来改为"动幽蛰"，一字之差，意境就大不相同。

反之，如果在字法上过于斟酌雕饰，用险而生僻的字，也可能事倍功半，如"露萱钳宿蝶，风木撼鸣鸠"（武允蹈《句》），在字的用法上极其下功夫，但十字中除"钳"字外，既不通俗也没有新意，反而落入俗套。

写好五律，不仅要重视字法的风雅与精辟，而且还要照顾到"韵"，这就是常说的"风土诗虽宜精切，亦以韵胜为贵"，如"土产唯宜药，王租只贡金"（许棠《送龙州樊使君》），"公庭飞白鸟，官俸请丹砂"（周繇《送人尉黔中》）是千古公认的名句，但论诗之雅，前者显然稍逊于后者，这就是所谓"文胜质则史，质胜文则野"。

五律的"字法"一般包括以下几种。

一是"用响不用哑"。所谓的"哑"字，就是生僻的字，读音拗口，意思晦涩又不常用。与之相反，常用且意思浅白、易读的字就是响字。五律在诗风上接近古风，追求的是自然清新、高古淡雅，如果过于追求字的淘炼，或是用太生僻的字，往往会影响诗意，所以，五律的字尽量用"响"不用"哑"。

在诗的创作中，有一个共识：七言诗的第五字最重要，而五言诗中则是第三个字要"响"，这是"诗眼"所在。如杜甫的"返照入江翻石壁，归云拥树失山村"（《返照》），"翻"和"失"是响字。"圆荷浮小叶，细麦落轻花"（《为农》），其中的"浮"和"落"是"响"字。"'所谓响者，致力处也。'予窃以为字字当活，活则字字自响"（《吕氏童蒙训》），响字赋予了整首诗以灵气和活力。

二是颠倒字法。五律中，有时会出现颠倒字法，如韩愈的"谅非轩冕族，应对多差参"（《孟生诗》），"紫树雕斐亹，碧流滴珑玲"（《答张彻》）。宋代文论家严有翼评价韩愈使用颠倒字法时说过，"古人诗押字，或有语颠倒，而于理无害者。如韩退之以'参差'为'差参'，以'玲珑'为'珑玲'是也"（《艺苑雌黄》），严有翼所说的押字就是平仄。这种主动使用的颠倒字法，有时是为了强调特有风格的表达方式，有时是为了符合平仄声律，如"他乡唯表弟，还往莫辞遥"（杜甫《王十五司马弟出郭相访兼遗营茅屋赀》）。从中国文字使用的历史上看，古人常常在行文中使用颠倒字，如"罗绮"可以作"绮罗"，"图书"也可以写成"书图"，"毛羽"与"羽毛"相通，"白黑"就是"黑白"等，以获得更大的表达空间。古人常常在文字的天地纵横捭阖，留下了许多美篇，如韩愈、孟郊等写出的"湖江""白红""慨慷"等词，在字法上可谓张弛有度、挥洒自如，令后人难以企及。当然，不是什么词都能够颠倒使用的，如"翁仲""翰林""玉殿""故事"等，勉强用之，要么词意不通，要么引发歧义。

四是一字工法。诗句以一字为工，犹如一粒灵丹，具有点铁成金的作用。"微云淡河汉，疏雨滴梧桐"（孟浩然《句》），上句之工，在一个"淡"字，下句之工，在一个"滴"字，不可替代。关于一字工法，流传着一段轶事：陈舍人偶得一部杜甫的诗集，但其中的字有大量残缺，其中一句"身轻一鸟（？）"缺了一个字。陈公与多位文人雅士商榷来补这个字，有人主张用"疾"，有人用"落"或"起"，还有人用"下"，莫衷一是。后来找到了杜甫诗的善本，原来是"身轻一鸟过"，一个"过"字，风轻云淡，却是最合适的。

五律中"字"的用法非常重要，所谓"一字千金""画龙点睛"，都可以用来形容一个关键字的价值，如"暝色赴春愁"，"赴"用得恰到好处，如果用"起"则太幼稚，而"无人觉来往"的"觉"字也用得很妙。《渔隐》中记载一个关于一字之妙的故事：郑谷在袁州时，齐己写了一首《早梅》诗拿给郑谷看，诗中云："前村深雪里，昨夜数枝开。"郑谷说："数枝"不能体现雪中梅开的惊喜，不如用"一枝"更好，齐己深以为然，就把这首诗修改为"前村深雪里，昨夜一枝开"，成为传颂一时的咏梅名句，郑谷因此成为齐己的"一字之师"。

　　五是连绵字法。连绵字法就是用重叠字来渲染或强调，有巧夺天工之妙，可谓字字珠玑。中唐诗人李嘉祐以"水田飞白鹭，夏木啭黄鹂"（《句》）来形容恬静优美的田园风光，而王维在描述雨后辋川山野风光时添上了"漠漠""阴阴"，成就了"漠漠水田飞白鹭，阴阴夏木啭黄鹂"（《积雨辋川庄作》）的千古名句，"漠漠"，形容水田视野茫茫；"阴阴"，描述的是夏木茂密，绿意幽深。这两个重叠词的加入，使动与静、浓与淡、当下与远方两种景致相互映衬，画意盎然。尽管后人在王维是否窃取了李嘉祐的句子上存在争议，但毫无疑问的是，后者的妙处恰在于增添了"漠漠""阴阴"四字，"此乃摩诘为嘉祐点化，以自见其妙"。

　　连绵字在七律中比较多见，如杜甫的"无边落木萧萧下，不尽长江滚滚来"（《登高》）与"江天漠漠鸟双去，风雨时时龙一吟"（《滟滪》）等。对于五律而言，由于字数少，用连绵字的空间有限，但有时用连绵字对整首诗都能起到独特的烘托作用，如"荒村带返照，落叶乱纷纷"（刘长卿《碧涧别墅喜皇甫侍御相访》），"离离原上草，一岁一枯荣"（白居易《赋得古原草送别》），"野日荒荒白，江流泯泯清"（杜甫《漫成二首》），这些连绵字用得妙不可言。唐代诗人在创作五律时，对连绵字看重的是字不虚发，不轻易用，一旦用就是"字"不惊人死不休。

六是重出字法。重出字，指的是一句诗或一首诗中，一个字或多个字重复出现。如何在诗中运用重复字，不仅需要对字意的深刻理解，还需要很强的行文能力。刘勰说过："重出者，同字相犯者也。《诗》、《骚》适会，而近世忌同，若两字俱要，则宁在相犯。故善为文者，富于万篇，贫于一字。"① 对于行文遣词，中国历代诗文家都讲求避免重出但有时又以重出为能，如苏颋《奉和春日幸望春宫应制》的首句"东望望春春可怜"，这就是金圣叹所赞赏的"七字中凡下二望字，二春字，想来唐人每欲以此为能也"。白居易的"离离原上草，一岁一枯荣"，用了两个"一"，这种用法是特意安排的，如果用一个"一"，意思的表达就受到了限制。

在唐人的五律诗中，偶尔也能看到一个字用了两次，但多是用在较长的歌行里或是很长的排律里，而不是律句。刘禹锡回复白居易的《苏州白舍人寄新诗有叹早白无儿之句因以赠之》："莫嗟华发与无儿，却是人间久远

---

① （南朝梁）刘勰著，王运熙、周锋译注：《〈文心雕龙〉译注》，上海古籍出版社 2010 年版，第 188 页。

期。雪里高山头白早，海中仙果子生迟。于公必有高门庆，谢守何烦晓镜悲。幸免如新分非浅，祝君长咏梦熊诗。"其中"雪里高山""于公高门"中都用了"高"，但不是无意的重复，而是刻意的安排，达到了"高山本高，于门使之高，二义故殊"的效果。

上述关于五律写法的探讨是基于对唐人在五律创作中的规律和特色的总结，也吸纳了宋以后诗学研究者的成果。虽为一孔之见，但也希望能给诗词爱好者的五律创作提供些许参考。

注释：

1. 本文所引用的唐诗来自（清）彭定永等编《全唐诗》，中华书局 1960 年版。

2. 本文所引用的宋诗除注明外，均来自北京大学古文献研究所编，傅璇琮、倪其心等主编《全宋诗》，北京大学出版社 1991 年、1993 年、1995 年版。